二見文庫

誘惑の桃尻 さわっていいのよ

橘 真児

目次

第一章　兄嫁との夜　7
第二章　誘惑の桃尻　58
第三章　女教師の手ほどき　105
第四章　保健室での性教育　167
第五章　愛しさに包まれて　223

誘惑の桃尻　さわっていいのよ

第一章　兄嫁との夜

1

「それじゃ、恭司《きようじ》君の高校生活が充実することを祈って、かんぱーい」

義姉の美紗子《みさこ》が笑顔でグラスを掲げる。綿海《わたうみ》恭司は気恥ずかしさを覚えつつ、オレンジジュースの入ったグラスを彼女のものにカチンと合わせた。

ふたりの飲み物は、色合いこそ同じだけれど、美紗子のものにはアルコールが入っている。ウォッカのオレンジジュース割り。要はスクリュードライバーだ。

普段、家では滅多にお酒を飲まないのに、他にも缶入りのカクテルを半ダースも買ってきたのは、それだけ嬉しいからだろう。六畳の茶の間に置かれた卓袱台《ちゃぶだい》の上には、彼女がこしらえたご馳走が並んでいる。

明日は恭司の入学式である。今夜はその前祝いなのだ。

彼がこれから通うのは、公立の御津園《みつその》高等学校。伝統のある進学校で、合格するのは決して簡単ではなかった。

特に中三になってからの一年間は、生活が変わったこともあって、かなり大変だった。受験勉強などやっている場合なのかと集中力が途切れがちで、正直、何度も挫《くじ》けそうになった。

それでもどうにか勉強を続け、無事に難関を突破できたのは、ひとえに美紗子のおかげである。彼女がいなかったら、今ごろどうなっていただろう。

(義姉《ねえ》さんも大変だったはずなのに……)

カクテルをひと口飲んだだけで、もう酔ってしまったのか。頬を赤くしてニコニコと笑う美紗子の愛らしい面立ちに、恭司は密かに胸をときめかせた。

この一年というもの、彼女は仕事を続けながら、恭司の母親代わりとして頑張ってくれた。まだ二十七歳と若いのに。そして、血の繋がりもないのに。

美紗子は恭司の兄、範一《のりかず》の妻である。

範一と恭司は、十五も年が離れている。そのため、幼い頃いっしょに遊んだ記憶がほとんどない。小さかった恭司には、兄は大人と同じように見えた。

いや、いっそ父親でもあったのだ。

本当の父は、恭司が物心つく前に亡くなっている。だから、顔は写真でしか知らない。思い出と呼べるものもなかった。

範一は高校を卒業するとすぐに就職し、家計を支えた。弟が悪さをすると母親以上に厳しく叱り、忙しい合間を縫って勉強も教える。まさに一家の大黒柱であり、恭司にとっての兄は、頼もしくも怖い父親そのものであった。

恭司が小学校にあがって間もなく、生活が一変する。母親が不慮の事故で亡くなったのだ。

子供の恭司はひたすら泣くばかりであったが、範一は毅然として振る舞った。葬儀から死後の後始末まで、万事滞りなく終わらせた。まだ残っていた自宅のローンも、事故の賠償金や生命保険で完済したようである。

すべてが片づいた日の夜、トイレに起きた恭司は、兄が茶の間でひとり泣いているのを目撃した。それまで気を張っていたのに肩の荷が下りたことで、ようやく悲しみを実感したのだろう。

彼の涙を見たのは、恭司はそれが初めてだった。ショックを受けると同時に、自分もしっかりしなくてはいけないのだと、子供心に悟った。

それからは兄弟ふたりで協力し、慎ましくも真っ直ぐに生きてきた。

範一が美紗子と結婚したのは、彼が二十五歳のときだ。なれそめは教えてもらっていないけれど、相手の親からかなり反対されたというのは、あとで遠縁の者から聞かされた。美紗子は就職したばかりだったし、まだ若いと難色を示されたそうだ。

最終的に範一の人柄が先方に認められたということで、それはそうだろうと恭司は納得した。兄以上に立派な男など、この世にいないのだから。

　結ばれるまでに苦労が多かったためか、範一は結婚式のとき男泣きをした。恭司も危うくもらい泣きをするところだった。

　こうして家族が三人になり、暮らしもちょっぴりだが華やかに、そして豊かになった。

　美紗子は本当の姉のように可愛がってくれて、まだ小学生だった恭司は、いつも彼女にべったりだった。そんな弟に、範一はときに嫉妬めいた眼差しを向けることがあった。

　もっとも、恭司も中学生になると、さすがに義姉にまつわりつくことはなくなった。もう子供ではないと自覚したためと、性に目覚め、美紗子をひとりの女性として意識するようになったからだ。オナニーを覚えたのもこの頃である。

　何しろ、美紗子は綺麗だった。

　近寄り難いだけの美人とは異なる。人好きのする笑顔がとてもチャーミングな、いつもそばにいたくなる女性。誰でも受け入れてくれそうな雰囲気もあったのだ。

　しかしながら、思春期を迎えた恭司には、彼女もかなり気を遣っていたようである。肌を露出するような服装をせず、洗濯物も下着は別にして、干すときも目に入らないようにしていた。小学生の頃にはあったスキンシップも、めっきり減ってしまった。

そうやって神経質なほど注意していたのは、仕事とも関係しているのだろう。美紗子は高校の養護教諭である。思春期の少年がどれほど強い欲望を抱いているのか、ちゃんとわかっていたのだ。

とは言え、義姉は基本的に明るく朗らかな女性で、そういつも身構えていたわけではない。ときには無防備なところを見せることもあった。

それはスカートの奥に見えたパンティだったり、半袖の脇から覗くブラジャーだったりと、ごくおとなしいチラリズムである。それでも、性への関心がふくれあがっていた少年を刺激するには充分であった。

恭司が美紗子のことを思い浮かべてオナニーをしたのは、一度や二度ではない。自室と兄夫婦の寝室は離れていたけれど、深夜、足音を忍ばせて近づき、閨房の睦言に聞き耳をたてたこともあった。ふたりがいないときには寝室に忍び込み、義姉の枕に顔を埋めて、かぐわしい匂いにうっとりした。

そうして自分の部屋に戻り、硬くなったペニスをしごいたのである。

表面上は何事もないフリをして、ドロドロした牡の欲望を悟られないよう振る舞っていた。夫婦のプライベート空間に立ち入ったことを兄に知られようものなら、家を追い出されたに違いないのだから。

ただ、いよいよ高校生になる恭司をお祝いするこの席に、範一の姿はない。彼は生きていれば、三十路のはずであった。

兄は一年前に病死したのである。からだの調子が悪くても、妻や弟のために働きづめで、そのため病気の発見が遅れたのだ。診察を受けたときには、すでに手遅れだと言われた。

それでも兄は、気力で病魔と闘おうとしたようである。仕事も続け、絶対に治ると信じ込んでいた。だが、無理がたたって倒れ、入院して三日と持たずに逝ってしまった。

唯一の肉親を亡くし、恭司のショックは大きかった。どうして大切なひとがみんな先立つのかと、神様を恨んだりした。

一度はそれで自暴自棄になりかけた。受験なんか関係ない、自分もどうせ早死にするんだと、荒んだ気持ちにすらなった。

そんな恭司を励まし、支えてくれたのが美紗子だった。

最愛の夫を亡くし、彼女のほうこそ悲しみに打ちひしがれていたはず。だいたい、恭司といつまでも同居を続ける必要はなかったのだ。綿海の姓を捨てて、実家に帰っても非難されることはなかったろう。

なのに、この一年、美紗子はずっとそばにいてくれた。だからこそ、恭司は道を誤ることなく、ここまで進んでこられた。志望校に合格できたのも、優しい義姉のおかげである。

そんな思いで、正面にいる彼女をじっと見つめてしまったものだから、

「え、どうしたの？」

と、怪訝《けげん》な顔をされてしまった。

「ああ、いや――べつに……」

恭司は口ごもり、オレンジジュースを飲んだ。

「だけど、本当によかったわ。恭司くんもいよいよ高校生なのね。しかも、名門御津園高校の生徒なんだもの。わたしも鼻が高いわ」

自分のことのように喜んでくれる義姉に、恭司は胸が熱くなった。

「いや、僕だけの力じゃないよ。義姉さんがずっと支えてくれたから、僕は頑張れたんだ」

「ううん。恭司くんがしっかり実力を発揮できたからよ。わたしはちょっぴりお手伝いをしただけだもの」

「ちょっぴりってことはないよ。義姉さんがいなかったら、僕はどうなっていたかわからないんだし」

「大袈裟ね」

美紗子がクスッと笑う。恭司が受験勉強でぴりぴりしていたときも、彼女は明るい

笑顔で励ましてくれた。それにも助けられて、本番では実力以上の力が出せたのだ。

「恭司くんはいい子だもの。頑張り屋だし、仮にわたしがいなくたって、ちゃんと結果を出せたはずよ」

「だけど――」

反論しかけて、恭司は口をつぐんだ。何を言っても、義姉は自分の手柄だなんて認めようとはしまい。そういうひとなのである。

と、美紗子の視線が、茶簞笥の横にある小さな仏壇に向けられる。そこには恭司の両親と兄の、小さな遺影があった。

「恭司くんが高校生になったことをいちばん喜んでいるのは、きっと範一さんだわ」

つぶやくように告げられた言葉に、恭司は無言でうなずいた。

「そりゃ、お義父《とう》様もお義母《かあ》様も喜んでいらっしゃるだろうけど、最後まで恭司くんのことを気にかけていたのは、範一さんだもの」

「うん……そうだね」

「ねえ、範一さんが亡くなるとき、わたしに何か耳打ちしたこと憶えてる？」

「うん。いちおう」

病床で、ひとが変わったように衰えた兄は、いよいよというときに妻を手招きし、耳もとに何か言ったのだ。そのとき、美紗子は何度もうなずいて涙をこぼしたから、お別れの言葉を告げたのだろうと思っていた。

「あのときね、範一さんはわたしに、恭司のことをよろしく頼むって、そのことだけ何度も念を押したのよ。妻のわたしに、お別れや愛の言葉なんて何ひとつ言わないで。それって、ちょっとひどいと思わない?」

悪戯っぽい眼差しで睨まれても、恭司は何も言えなかった。

(兄さんが、そんなことを……)

目頭が一気に熱くなり、恭司は何度もまばたきをした。それでも涙がこぼれそうになったから、慌てて手の甲で目をこすった。

美紗子の瞳も泣きそうに潤んでいる。けれど、唇には優しい微笑を湛えていた。

「……じゃあ、義姉さんが実家に戻らないで、ここで僕と暮らしてくれたのは、兄さんに頼まれたからなの?」

この問いかけに、彼女は首を横に振った。

「仮に範一さんに頼まれなくっても、わたしはここにいたわ。だって、恭司くんは大切な家族なんだもの。ひとりにしておけるはずがないじゃない」

とうとう堪えきれずに涙がこぼれ、恭司はティッシュを抜き取った。鼻をかんで、ついでに涙も拭う。

「でも、せめて最後ぐらいは、愛してるって言ってもらいたかったわ」

夫の遺影を見つめ、美紗子がぽつりとこぼす。その声に、恨みがましい気持ちは少しも感じられなかったものの、

「え、最後ぐらいはって?」

彼女が口にしたひと言が引っかかった。

「だって、範一さんはわたしに愛してるって、一度も言ってくれなかったのよ。わたしは数え切れないぐらい言ったのに」

「え、本当に?」

「そりゃ、好きだとは何回も言われたけど、愛してるはゼロ。なんか、それは男が口にする言葉じゃないって、思い込みみたいなものがあったみたい」

範一はとにかく硬派な男だったから、あり得る話である。ただ、美紗子は本気で嘆いているわけではないのだ。穏やかな口調から、思い出のひとつとして語っているのだとわかる。

(兄さんのことは、もう吹っ切れたのかな……?)

もちろん今でも愛していることは、遺影を見つめる表情や眼差しでわかる。だが、少なくとも夫を亡くした悲しみは癒えているようだ。

範一が亡くなったあと、美紗子がひとりで泣いているところを、恭司は何度か目撃した。

愛する者を失ったのであり、それは当然のこと。わかっていながら、彼女が無理をして綿海家に残っているのではないかとも思えた。

だが、それが身勝手な考えであることに、間もなく気づかされた。優しく寄り添ってくれる義姉に、本物の愛情を感じたからだ。

(ありがとう……僕が今ここにいるのは、やっぱり義姉さんのおかげだよ)

口に出すのは照れくさいから、心の中で礼を述べる。すると、美紗子が真面目な顔で振り返った。

「とにかく、恭司くんはみんなの期待を背負っているの。もちろん、わたしも含めてね。だから、難関校に合格したからって油断しないで、これからもしっかりやらなくちゃ駄目なのよ」

珍しく彼女からお説教をされ、恭司は居住まいを正した。

「わかってるよ。ちゃんと勉強しないと、他の生徒に置いていかれるからね」

「そうよ。進学校を甘く見ちゃいけないわ。わたしがこのあいだまで勤めてた高校もそうだったもの。御津園高校ほど名門じゃなかったけど。入学してから脱落していく子がけっこういたわ。中学校なら、先生たちは手を差しのべてくれるかもしれないけど、高校は義務教育じゃないんだもの。甘えは禁物よ」

「そうだね。でも、たぶん怠けることはないと思うよ。だって、すぐ近くで義姉さんが見張ってるんだから」

「見張ってるなんて、人聞きが悪いわね」

美紗子が頬をふくらませる。彼女はこの四月から、御津園高校に勤務することになったのだ。すでに新年度開始の準備のため、新入生である恭司よりも先に、毎日通っている。

「ごめん。まあ、本音を言うと、義姉さんがいてくれて心強いって部分もあるんだ。だから、同じところに異動してもらえてうれしいよ」

「あんまり頼られても困るんだけど。わたしが見てなくても、ちゃんとしっかりやってもらわないと」

眉をひそめた美紗子であったが、怪訝そうに首をかしげる。

「ただ、今回の異動は、ちょっと不思議なのよね。わたしは異動希望なんて出してなかったし、御津園高校に欠員が出たわけでもないの。わたしの前に勤務していた養護の先生は二年しかいなかったみたいで、引き継ぎのときに寝耳に水だったって言われたわ」

「へえ。あ、ひょっとして、僕が入学するから、教育委員会が考慮してくれたんだとか」

「どうして恭司くんのために、教育委員会が異動を考えるのよ」

それもっともだから、恭司は首をすくめた。すると、美紗子が口許をほころばせる。

「まあ、経過はわからないけど、実はわたしもうれしいのよ。だって、恭司くんが高校で活躍するところが、間近で見られるんだもの」

「活躍って……今からプレッシャーをかけられるのは、ちょっとつらいなあ」

「なに言ってるのよ。男だったら頑張りなさい」

彼女は男女平等を信条にしている。普段は男だから、女だからというような発言を絶対にしない。

なのに、『男だったら』なんてハッパのかけ方をしたのは、硬派だった亡き夫を思い出したからなのか。それとも、単に酔っているからなのか。

どうやら後者らしいことを、恭司は卓袱台の下に転がった空き缶を見て気がついた。半ダースあったアルコール飲料が、いつの間にか半分も空になっていたのだ。

「義姉さん、飲み過ぎじゃないの？」

心配になって問いかけると、美紗子はきょとんとした顔を見せた。

「え、そう？　べつに酔ってないけど」

などと言いながら、頬が田舎の女の子みたいに赤くなっている。

彼女が飲んでいたのはスクリュードライバーをはじめ、カシスオレンジやピーチサワーといった、見た目はジュースと変わりないようなお酒ばかりだ。おそらく飲みやすいのであろうし、だからこんなに空けてしまったのではないか。

まあ、義弟が高校に入学することで、肩の荷もいくらかおりただろう。愉しく飲みたい気分になっていたのは間違いあるまい。

「ほら、まだご馳走がこんなにあるのよ。せっかくわたしが腕をふるったんだから、もっとたくさん食べなさい」

美紗子が不服そうに口を尖らせる。もしかしたら、酔うと絡むタイプなのかもしれない。

「あ、うん。いただきます」

恭司は素直に箸をのばしたものの、内心では（だいじょうぶかな？）と、ちょっぴり心配だった。

2

料理をあらかた食べ終え、お酒もすべて空になった。美紗子はまだ飲み足りなさそうにしていたものの、明日は入学式である。職員紹介もあるのに、新入生の前に二日酔いで立つわけにはいかないだろう。

「じゃ、今夜はここでお開きね」

自分自身に言い聞かせるように宣言し、お祝いの席は終了した。

ところが、彼女はすぐに立たなかった。飲み過ぎて腰が抜けたのかと心配すれば、スカートからシャツの裾を引っ張り出し、背中に手を入れて掻きだす。

「あー、届かない。ねえ、恭司くん、ちょっと背中を掻いてくれない？」

唐突なお願いに、恭司は戸惑った。しかし、放っておくわけにもいかず、彼女の背後に進む。

「シャツの中に手を入れてもいいの？」

義理の姉でも、まだ二十代の若い未亡人だ。安易に肌に触れていいものかと、ためらったのである。

しかし、美紗子のほうは少しも気にしていない様子だ。これまではスキンシップを避けていたのに、酔っているからどうでもよくなったのか。

「あー、ちょっと待って」

彼女はシャツをたくし上げ、白い背中をあらわにした。それも、肩胛骨が見えるところまで。

当然ながら、ブラジャーの後ろ部分のベルトがまる見えになる。

（え——!?）

恭司は思わず息を呑んだ。十五歳の、男女交際もキスも経験していない童貞少年には、かなり衝撃的な光景であった。しかも、オナニーのオカズにしたこともある女性の、あられもない姿なのだ。

「全体に掻いてもらえる？　最近、肌が乾燥してるみたいなの。年のせいかしらね」

もちろんそんなことは考えられない。目の前にある柔肌は、見るからにしっとりして少しも乾いていなかった。おまけに、虫さされの痕も吹出物も、まったく見当たらなかったのだ。

単に汗をかいて、痒く感じられただけではないか。現に、甘ったるいようなかぐわしい香りが、恭司を悩ましくさせていた。

しかし、そんな内心を悟られてはいけない。妙なことを考えていると知ったら、美紗子はすぐに身繕いをするだろう。

「うん、わかった」

何食わぬ顔で返答し、白い肌に爪を立てる。痛くしないよう、注意深く上下に動かした。

「ああ、気持ちいい」

義姉が感に堪えない声を洩らす。うっとりしたふうに深い息をついた。

「誰かに背中を掻いてもらうのなんて、すごく久しぶりだわ……あ、そこ、もうちょっと右の方も」

「ここ?」

恭司は指示されるまま、脇腹のほうも掻いた。そのとき、背後からそっと覗き込むと、たくし上げられたシャツの下に、ブラジャーのカップが見えた。

そんなものまで目にすれば、劣情を催すのは致し方ないこと。股間の分身がたちまち膨張する。

それでも欲望を包み隠し、しっとり汗ばんだ肌を掻き続けていると、信じ難いお願いをされた。

「ねえ、ブラのホックをはずして」

童貞の身には刺激の強すぎる行為である。だが、断る道理はなく、恭司は震える指を繋ぎ目にかけた。

初めてだからかなりまごついたものの、どうにかはずす。ベルトが喰い込んでいたところは、赤い痕になっていた。

きっとそこが痒いのだなと、言われる前に掻いてあげると、

「ああ、そこそこ」

と、美紗子が声をはずませた。

「恭司くん、背中掻くのじょうずね。とっても気持ちいいわ」

褒められて、嬉しくなる。もちろん昂奮もしていたが、それよりは義姉に奉仕する

喜びのほうが勝っていた。

「本当に？　だったら、これからも掻いてあげるよ」

申し出に、彼女は「うん、お願いね」と即答した。

「でも、本当にじょうずよ。これなら商売ができるかも」

「商売って……」

「ほら、耳かき屋ってあるじゃない。膝枕で、耳掃除をしてくれるところ。だったら、背中かき屋っていうのもあっていいんじゃないかしら」

妙なことを言い出した義姉に、恭司はあきれるばかりだった。けれど、彼女は名案だとばかりに話し続ける。

「耳かき屋だと膝枕をしなくちゃいけないから、それなりの場所っていうか、部屋が必要になるじゃない。だけど、背中かき屋ならどこでもできるわ。それに、道具だっていらないもの。そこらの道端で看板を持って立ってれば、掻いてほしいってお客さんがけっこう来るはずよ。そうね、一回五百円ぐらいだったら、わたしだってしてほしくなるかも」

美紗子は饒舌だった。これもアルコールのせいなのか。適当に聞き流せばいいのだと判断し、恭司は背中を掻くことに専念した。

そして、彼女の視線が向いていないのをいいことに、前のほうをそっと覗き込む。

（あ、おっぱい――）

浮いたカップの下に、柔らかそうなふくらみがあった。乳輪までは見えなかったものの、初めて目の当たりにした義姉の乳房に、勃起したペニスが小躍りする。

「ありがとう。もういいわ。すごく気持ちよかった」

美紗子がそう言ったとき、彼女の背中はピンク色に染まっていた。掻くことでできた赤い筋が重なり、全体が同じ色になったのである。

「お粗末さまでした」

恭司はどぎまぎしつつ、訳のわからない挨拶を返した。

「さてと、それじゃ、後片付けをしなくっちゃ」

ブラジャーのホックを留めないまま、美紗子はシャツを直した。そこまで無防備なのも、酔っている証拠だ。

「あとは僕がやるよ。義姉さんは先にお風呂に入って」

何もかもやらせるのは申し訳ないと、恭司は手伝いを申し出た。

「それは駄目よ。恭司くんのお祝いなんだから、働かせたらバチが当たるわ」

「そんなことないって。ご馳走の準備してもらっただけでもありがたいんだもの。せめて後片付けぐらいしなくちゃ、僕のほうこそバチが当たるよ」

「でも……」

「義姉さんはゆっくり風呂につかって、酔いを覚ましたほうがいいよ。でないと、明日に差し支えるよ」

「……じゃあ、お言葉に甘えさせてもらうわ」

美紗子は好意を受け入れ、風呂場に向かった。

義姉を先に入浴させたのには、べつの理由もあった。姿が見えなくなると、恭司は柔肌を掻いた指先を鼻先にかざした。

「ああ……」

思わず声が洩れる。そこから甘いような酸っぱいような、妙に心をザワめかせる匂いがしたのである。

それは、成熟した女性の、肌と汗の香りであった。

なまめかしい女の匂いに、股間の屹立《きつりつ》がいっそう力を漲らせる。今のうちにと、恭司はズボンとブリーフをまとめて脱ぎおろした。もう、ほんの一時だって我慢できなかった。

ぶるん――。

勢いよく反り返った若いペニスが、下腹をぺちりと叩く。それは鉄のごとき硬度を誇っていた。

しかし、いざオナニーを始めようとして、恭司ははたと気づいた。

指先に染みついた義姉の匂いを嗅ぎながら、自らをしごくつもりだったのである。ところが、背中を掻いていたのは利き手である右手。そちらはオナニーでも使用するほうだ。

(仕方ない。左手でするか)

慣れないほうの手で勃起を握り、指先の匂いを嗅ぐ。そうして自らに快感を与えようとしたものの、もどかしいばかりでなかなかイケそうにない。せっかく、かつてない素晴らしいオカズを手に入れたというのに。

美紗子の背中を掻いたときの、柔肌の感触も思い出してしごく。だが、利き手ではないから思い通りにならず、そのうち苛立ちが大きくなった。

結局、十分近くもチャレンジして、恭司は諦めた。時間をかければ何とかなったのかもしれないが、彼女がいつ風呂からあがってくるかわからない。それに、卓袱台の後片付けもしなければならないのだ。

(しょうがない……あきらめよう)

いきり立ったペニスをそのままに、恭司はブリーフとズボンを引きあげた。卓袱台のお皿やグラスを台所に運ぶと、そこで手を洗う。右手の指先に染みついた義姉の匂いを消して、邪な未練を断ち切ろうとしたのだ。

そのときは悔やんだものの、洗い物を始めたら雑念も消え去り、間もなく勃起もおさまった。そして、これでよかったのだと思う。

(やっぱりよくないよ、義姉さんを穢《けが》すようなことをしちゃ)

これまでにもさんざんオナニーのオカズにしたのに、何を今さらと思わないではなかった。けれど、彼女のおかげで名門校に入ることができたのである。これからも家族として仲良くやっていかなければならないのだ。そういうことは、もうやめにしなければならない。

(だいたい、茶の間には兄さんの遺影もあったんだぞ)

育ててくれた兄が見ている前で、何てことをしてしまったのか。恭司は心の中で己の不始末を詫びた。

そのとき、浴室のほうから美紗子がやって来た。

「ごめんね。何もかもさせちゃって」

謝られて、恭司は笑顔で振り返った。ついさっき、彼女の匂いでオナニーをした罪悪感を振り払うように。

「いや、このぐらい――」

言葉を失ったのは、義姉がバスタオルをからだに巻いただけの格好だったからだ。

肩や太腿もまる出しで、艶やかな肌には細かな雫が光っている。

(嘘だろ……)

これまでは湯上がりでも必ずパジャマを着ていた。家の中では、少なくとも恭司の目があるところでは、絶対に肌をあらわにしなかったのだ。

酔って見境がつかなくなっているのか。それとも、もう高校生だから理性的に振舞えるだろうと信じているのだろうか。

だが、恭司はとても平静でいられなかった。手に持っていた皿を落とさないようにするので精一杯だった。

「わたし、やっぱり飲み過ぎちゃったみたい。ちょっとごめんね」

美紗子がそばに寄ってきたものだから、恭司は焦って横によけた。ひょっとして迫られるのかと早合点したのだ。

けれど、彼女は洗ったばかりのグラスを取って蛇口をひねり、水を飲んだだけであった。白い喉を、心地よさそうに上下させて。

「あー、おいしい」

ほうと息をつき、グラスをすすいで戻す。そのとき、湯上がりの甘い匂いが恭司の鼻腔に流れ込んだ。

ボディソープの人工的な香りだけでなく、そこには彼女自身の素のフェロモンも含まれていた。背中を掻いた指先に染みついていたものと、共通する成分が感じられたのだ。

高校生になったばかりの義弟が動揺していることに、美紗子は少しも気づいていないようだ。ふわぁと大きなあくびをすると、

「それじゃ、あとお願いね。わたし、すごく眠いのよ」

恭司に向かって両手を合わせた。

「あ、ああ——うん。ここはだいじょうぶだから、義姉さんは先に休んで」

「ありがと。おやすみなさい」

「おやすみ……」

台所を出てゆく義姉の後ろ姿を、恭司はぼんやりと眺めた。

バスタオルは決して大きくなく、彼女のヒップをかろうじて隠すぐらいの丈しかなかった。おそらくちょっと身を屈めただけで、ぷりぷりした丸みが覗けただろう。

姿が見えなくなってようやく、恭司は大きく息をついた。たった今目にした光景なのに、思い返しても現実感がない。それだけ信じ難いものだったのだ。

(義姉さん、けっこうプロポーションがいいんだな)

バスタオルの胸元に覗いた谷間も、それからバックスタイルも、たまらなくセクシーだった。考えてみれば、からだのラインがわかるような服を着た美紗子も見たことがなかった。

なのに、いきなりバスタオル一枚の姿で出現されたら、狼狽するのは当然のこと。

鼻血を出さなかったのが不思議なぐらいである。

遅ればせながらペニスが反応し、隆々といきり立つ。疼《うず》くそこを、恭司はズボンの上から握り締めた。

「う……」

切ない快さが背すじを貫く。自身が激しく昂奮していたのだと悟る。

（義姉さん、僕を誘惑するつもりだったんじゃ――）

そんな考えも浮かんだが、まさかと直ちに打ち消した。本当にそうだったら、眠いなどと言って寝室に引っ込むはずがない。

いや、あれは眠っているところを襲ってという意味なのではないか。などと、淫らな妄想が次々と湧いてくる。

（何を考えてるんだよ。義姉さんはそんなひとじゃないだろ）

彼女を貶めていることに気がつき、自らを叱りつける。妙な考えを振り払い、恭司は残りの洗い物をさっさと済ませた。

（……よし、僕も風呂に入ろう）

垢と一緒に、煩悩や不埒な考えも洗い流さねばならないと思った。

3

部屋に戻って替えの下着を持ち、風呂場に向かう。

階段を下りたとき、美紗子が眠る寝室――かつての閨房のほうにふと視線が向く。しかし、恭司は急いで顔を背けた。またいやらしいことを考えそうになったのだ。

(僕も早く寝なくっちゃ)

明日は入学式なのである。晴れの日を前に、くだらない妄想に囚われてどうするのか。義姉も勤める名門進学校の生徒になるのだから。

脱衣所のカーテンを開けて中に入ると、美紗子がそこにいた名残が感じられた。湯上がりの湿った熱気と、それから甘くなまめかしい香りがあったのだ。

懲りずによからぬことを考えそうになり、急いで着ているものを脱ぐ。冷水シャワーでも浴びれば、さっぱりするに違いない。

素っ裸になってから、下着類を入れるために洗濯機の蓋を開ける。途端に、恭司は凍りついた。義姉がさっきまで着ていた衣類の上に、小さく丸まった薄物があったからだ。

美紗子は、下着類を洗濯機で洗わなかった。入浴のときに、風呂場で洗っていたようである。

どうしてそんなことがわかるのかというと、牡の欲望に目覚めてから、何度か彼女の汚れ物を漁ったことがあったからだ。けれど、下着はどこにも見当たらず、目につかないところで洗っているのだとわかった。その他、ハンカチや靴下などの細かなものも含めて。

義弟に見られないようにというばかりでなく、昔からそうしてきたのかもしれない。そのほうが汚れが落ちるとか、布が傷まないといった理由で。

ただ、義姉の匂いが染みついた肌着を欲していた恭司は、ひどくがっかりしたものだ。洗濯ものの中を探しても無駄だとわかってからは、そこをチェックすることはなくなった。

それがまさか、今になって発見することになるなんて。まさに青天の霹靂《へきれき》と言ってもよかった。

（そんなに眠かったのか……）

下着を洗う余裕もないぐらいだったとは。よく見れば、ブラジャーもネットに入れたものが洗濯槽の中にあった。

だが、それよりもとにかくパンティだ。義姉の肌に触れていたものが、ようやく手に入るのだ。

喜びが胸に満ちる。股間の分身も勢いよく反り香り、下腹をペチペチと叩いた。

彼女を貶めるようなことをしまいと誓ったばかりなのに、恭司はためらうことなく薄布を拾いあげた。脱ぎたての下着がそれだけ魅力的で、エロチックな昂ぶりに抗えなかったのだ。

ベージュ色のパンティは、特に装飾のない、極めてシンプルなものであった。縁のゴム部分にループ状の飾りがあることで、女性用だとわかるぐらいに。

だが、愛しい義姉が身に着けていたという事実だけで、尊いものに感じられる。

恭司は震える指で薄物を裏返した。秘められた部分に密着していたところがどうなっているのか、そこが一番見たかった。

「ああ……」

思わず声が洩れる。

クロッチの裏地は白い布で、中心部がやや黄ばんでいた。そこに透明なものがきらめいていたのだ。

(義姉さん、濡れたのかな?)

女性は昂奮すると秘部が濡れるという知識はあった。ペニスも勃起すると、透明で粘っこい汁を出すから、あれと同じようなものかと考えていた。

そこに付着しているものは、なるほどカウパー腺液と似たものに見える。ただ、それ以外にもよくよく見れば、白いカス状のものがこびりついていた。

（これ……恥垢？）

そもそも女性器がどのようなものであるのか、恭司は知らない。実物はもちろん、写真でも見たことがなかった。

インターネット上には、無修正の画像がごまんとあるらしい。だが、恭司は携帯もパソコンも持っていないから、まったく関係のない話である。

いや、仮にパソコンがあったとしても、自ら探そうとはしなかっただろう。

中学のクラスメートが、自宅でプリントアウトしたものを持参し、男子たちで回覧していたことがあった。けれど、恭司はその仲間に加わらなかった。そういうものを興味本位で見るのはよくないと、自らを律したのである。

とにかく、女性器に関しては保健の教科書にあった略図程度の知識しかない。まして、どんなものが分泌されるのかなんて詳しく知らなかった。クロッチの付着物の正体など、理解できるはずもない。

だが、義姉の秘部の残滓《ざんし》であるのは明らかだ。愛液のカスにしろ恥垢にしろ、彼女の最も神秘的な部分に付着していたものである。それだけで充分に貴重であり、劣情を煽られずにいられなかった。

そこから酸っぱいような、妙にそそられる匂いがたち昇ってくる。恭司は鼻先にクロッチをかざし、義姉の秘臭を深々と吸い込んだ。

(ああ、これが……)

発酵しすぎたチーズのような、悩ましさの強い芳香。鼻の奥にツンとくる成分も混じっていた。

美紗子のそばに寄ると、香水なのか素の体臭なのか、甘い香りがする。それに胸を高鳴らせることもしばしばだった。

今嗅いでいるこれは、それとは異なる。いい匂いだと、万人が納得する種類のものではない。いっそ独特であり、クセがあると言うべきだ。

けれど、なぜだか惹かれてしまう。美しい義姉のものだからなのであるが、それを差し引いても無性に嗅ぎ続けたくなる。

これがフェロモンと呼ばれるものなのだろうか。牡を惹きつける女性の源泉が、これだというのか。

そんなことをぼんやり考えながら、生々しい乳酪臭を堪能していると、ペニスがこれまでになく雄々しく猛る。初めて嗅ぐ淫香に、それだけ昂奮させられたのだ。

恭司はパンティを左手に持ち替えると、右手で若い強ばりを握った。今度は思い通りになる利き手で、欲望のシンボルをしごく。

「むうう」

頭の芯が痺れるような愉悦が襲来する。膝がカクカクと震えるほどに快い。

美紗子の恥臭をうっとりと嗅ぎながら、恭司は自己愛撫に耽った。一心に快感のみを求めて。

多量に溢れたカウパーシロップが、亀頭をヌメらせる。そこに包皮が被さっては剝け、ニチャニチャと粘っこい音をたてるのだ。それも快楽の高みへと誘ってくれるようだ。

(ああ、気持ちいい……)

ここまで深い悦びにひたれるオナニーは初めてだ。義姉の恥ずかしい匂いが染み込んだパンティという、最高のオカズがあるからだろう。

そのため、頂上に至るのも早かった。おそらく、三分とかからなかったのではないか。

「あ、あ、あ——」

蕩ける歓喜が全身に行き渡る。腰と膝が砕けそうにわななないた。

坐り込みそうになるのをどうにか堪えながら、右手を動かし続ける。間もなく、めくるめく瞬間が訪れた。

(あ、ティッシュを——)

精液を飛び散らせてはならないと思ったものの、手近な場所に受け止められる薄紙はない。それに、鼻先のパンティをはずしたくなかった。義姉のいやらしい匂いを嗅ぎながら、昇りつめたかったのだ。

恭司は咄嗟に洗面台の前に進んだ。陶器の白い洗面ボウルに向けてペニスを傾けたところで、オルガスムスに至る。

「むふぅうう、うう――くはッ」

息を荒ぶらせ、少年は濃厚な樹液を発射した。狂おしい悦楽に包まれて。

びゅくんッ！

糸を引いて放たれた最初のザーメンは、重みがあったためか狙いどおり洗面ボウルに落ちた。けれど、次にほとばしったぶんは飛距離があり、正面の鏡に白濁の模様を描く。

「んう、むふっ、くうう」

恭司は悦びにまみれて右手を動かし続け、多量の精液をぶちまけた。

「はあ、は……ああ」

あとはせわしない呼吸を持て余し、最後のひとしごきで尿道に残っていたぶんを絞り出す。トロリとあふれたものは、洗面ボウルをはずれて床に落ちた。

（ああ、出しちゃった……）

青くさい精臭に気怠さを募らせ、鼻先のパンティをはずす。見れば、飛び散った牡の欲望液は、洗面台のあちこちを汚していた。

それをぼんやりと眺めるうちに、理性を取り戻す。昂奮が冷めたことにより、罪悪感が頭をもたげた。

(何をやってるんだよ……)

性懲りもなく、義姉を欲望の対象にするなんて。しかも、汚れ物の下着をオカズにしてしまった。

そんなものを見られるだけでも、女性にとってはこの上なく恥ずかしいに違いない。おまけに匂いを嗅がれ、自慰に使われてしまったのだ。

このことを美紗子が知ったら、きっと軽蔑するだろう。もしかしたら、もういっしょに住めないと、この家を出ていくかもしれない。

恭司はパンティを洗濯機に戻した。洗面台のザーメンも綺麗に洗い流し、床に落ちたものも雑巾で拭き取る。鏡も綺麗に磨いた。

証拠を湮滅したことで、いくらか気が楽になった。あとは身も心も清めるつもりで入浴し、からだの隅々まで綺麗に洗う。

ところが、風呂からあがると我慢できなくなり、再び洗濯槽から魅惑の薄物を拾いあげてしまった。なまめかしい匂いを嗅いだら理性がくたくたと弱まり、そのまま二度目のオナニーに突入する。

「む……うう、いく——」

またも早々に達すると、粘っこいエキスを勢いよく噴きあげたのである。

4

（まったく、最低だな……）

浴室に戻ってペニスと手を洗い、恭司は新しいブリーフを穿いた。未練を断ち切るために、自分の洗濯物を義姉のパンティの上に重ねる。それでようやく人心地がついた。

ブリーフとTシャツのみの姿で脱衣所を出て、部屋に戻ろうとする。けれど、階段を上がろうとして美紗子の寝室のほうを見たとき、ドアの隙間から明かりが洩れていることに気がついた。

（まだ寝てないのかな？）

それとも、電灯を点けっぱなしのまま眠ってしまったのか。だったら消してあげたほうがいいだろう。

要は義姉の寝姿を見たかったのである。明かりを消すなんていうのは口実に過ぎない。

ただ、脱衣所での不埒な行ないを謝りたい気持ちもあった。それも、本人の顔をちゃんと見て。起きていたら無理だけれど、寝ていれば可能である。

恭司は部屋の前まで進むと、小さくノックをした。眠っているのを起こさない程度に。起きていたら返事があるはずだ。

しばらく待っても声が返ってこない。やっぱり眠っているのだと判断し、そっとドアを開ける。

案の定、美紗子はベッドに横たわっていた。背中をこちらに向け、横臥《おうが》の姿勢で。

だが、彼女は風呂あがりと同じ、バスタオル一枚の格好だったのである。

（え――）

心臓がバクンと大きな音を立てる。息を呑んだ恭司であったが、彼女の下半身に視線を向けて、さらに驚愕した。バスタオルの裾から、ヒップの丸みがはみ出していたのだ。

セクシー以上の煽情的な光景に、目眩を起こしそうになる。気がつけば、恭司は義姉の寝室に足を踏み入れていた。室内にこもる甘ったるい匂いを嗅いだことで、ますます理性が危うくなる。

それでも、幾ばくか残っていたまともな思考が、義姉に声をかけさせる。

「義姉さん……そんな格好で寝ていたら風邪引くよ」

けれどそれは、蚊の囁き程度の掠れ声だった。軽やかな寝息をたてている彼女の耳に届くはずがない。

だが、言うべきことはいちおう口にした。これで義務を果たしたと自らに言い訳し、恭司は膝を折った。ベッドの脇に跪《ひざまず》き、バスタオルからはみ出したナマ尻をまじまじと観察する。

（義姉さんのおしり――）

覗いている部分は、全体の四分の一程度だろうか。ぷりっと美味しそうな双丘に、二度の射精で鎮まった劣情が蘇る。

見るからにすべすべしていそうな白い肌は、腿の付け根のところがわずかにくすんでいた。職業上、坐っていることが多いからこうなるのか。生活感のある痕跡が、妙に生々しくていやらしい。

そのとき、

「ンぅ……」

小さな声を洩らした美紗子が、ヒップをわずかにすぼめる。視線を感じたのだろうか。恭司はドキッとしたものの、尻肉のなまめかしい動きに心を奪われた。

（ああ、素敵だ）

すべて見えていないからこそ、かえってそそられる。ただ、バスタオルが包むたわな丸みの、全貌を明らかにしたいという思いもあった。

とは言え、裾をめくるなんて大胆な真似はできない。

本当に見たいのは、女性の最も神秘的な部分である。入浴後だから、パンティに染み込んでいたような淫靡な匂いはさせていないのだろうが、どんなふうになっているのか目で確認したかった。

けれど、見たいところはぴったりと閉じられている。寝返りをうつなり、もう少しヒップを突き出すなりしてもらわなければ、観察することは不可能だ。

だが、彼女が動く気配はまったくない。

それでもどうにか見えないかと、腿の付け根に目を近づける。すると、影になっているところから、縮れ毛が数本はみ出しているのがわかった。

(義姉さんも生えてるんだ……)

陰毛なら恭司だって生えている。美紗子は一回りも年上なのであり、そこに毛があるのは当然のことだ。

なのに、なぜだか生えていることが不思議に感じられた。

それはやけに生々しく、淫らだった。ヘアヌードがごく当たり前のものになった時世で、そのぐらいなら恭司も何度か見たにもかかわらず。

後ろから見てもわかるということは、陰毛はかなり広い範囲まで生えていることになる。奥の秘められた部分がどうなっているのか、ますます知りたくなった。

どうにか見えないかと、恭司はさらに中心へ鼻先を近づけた。すると、入浴剤の残り香に混じって、ほのかに甘酸っぱい匂いがしたのである。

それは、さっき嗅いだパンティの恥臭にどこか似ていた。あれほど強烈ではなく、チーズを連想するほどに熟成されてはいなかったが。

女体は特に昂奮状態にならなくても、何かを分泌しているのだろうか。それこそ、寝ているあいだにも。

漂うフェロモンにも煽られて、昂奮が天井知らずに高まる。ペニスもブリーフの前を高々と盛りあげた。

頂上に先走りの濡れジミができていることが、見なくてもわかる。さっきから尿道を熱いものが伝っていたからだ。

（オナニーしたい……）

猛る分身を握ってしごきたい。義姉のハミ尻を拝みながら、精液をドクドクと発射したい。

熱望が募り、頭がボーッとしてくる。にもかかわらず行動に移せなかったのは、そこまでしたら後戻りできなくなる気がしたからだ。自制心を無くし、彼女を際限なく穢してしまうのではないかと思えた。

もちろん、力ずく犯すようなことはできない。恭司はそこまで暴力的な人間ではなかった。

ただ、一度箍《たが》をはずしてしまったら、あとはエスカレートするばかりだろう。侵入してはならない義姉のプライベートな領域、たとえば入浴とかトイレとか、そんな場面を覗こうとするかもしれない。不在のあいだに下着を漁り、彼女の匂いが染み込んだベッドの上でオナニーをして、何度もほとばしらせるかもしれない。

そこまでになればいつかはバレて、信頼関係を無くすことにもなろう。

それはふたりの別離を意味していた。共通の身内である兄を失った今、自分たちはひどく危うい繋がりの上にいる。いつ切れても不思議ではない結びつきなのだ。

だからこそ、欲望のままに振る舞うことは許されなかった。

美紗子がいなくなるのは、何よりもつらい。自分を養い、庇護してくれる存在だからではない。今や恭司にとって、唯一の身内だからだ。

彼女を失ったら、いよいよ天涯孤独の身の上になってしまう。そうなったら、もう生きていけない。

いささかオーバーなことを考えたのは、自らを抑えるためだった。最悪の状況を想像すれば、無茶なことはできなくなる。妙なことにならないためにも、慎重すぎるぐらいのほうがよかった。

こうして寝室に忍び込んだだけでも、かなりの危険を冒している。目の前の麗しいヒップを記憶に焼きつけ、部屋に戻って自慰をすればいい。

滾る劣情を抑え込み、恭司はそうしようと決心した。最後に恥臭を胸いっぱいに吸い込んでおこうと、鼻頭が肌に触れるギリギリまで顔を寄せたとき、義姉尻がわずかに蠢いたように見えた。

プス……。

空気が漏れたような小さな音がして、鼻面にぬるい空気がかかる。続いて、かすかに香ばしい異臭が漂った。

（え――？）

美紗子がガスを洩らしたことはすぐにわかった。だが、とても信じられずに、恭司はそのまま固まった。

一緒に暮らして五年になる。その間、義姉が放屁する場面に出くわしたことは、一度もなかった。

もよおしたときは我慢するか、トイレに入ったのではないか。鼻をかむときですら、家族の目を避けるひとだったから。

兄とふたりっきりのときには、あるいは飾ることなくオナラもゲップもしていたのだろうか。いや、そういう場合でも、彼女は決して恥じらいを忘れなかったはず。普段の慎ましく淑やかな振る舞いから、そうと信じられた。今日は酔っていたために、かなり大胆だったけれど。

つまり、恭司が美紗子の放屁に遭遇したのは、これが初めてだったのだ。しかも、顔にかけられるなんて。

もちろん彼女は意図的に洩らしたのではない。寝ていて無意識になされたことである。顔にかかったのも、恭司が接近していたから悪いのだ。

ただ、それがかなり衝撃的だったのと同時に、劣情を煽られたのも事実である。普段は絶対に見せない、もしかしたらパンティの汚れや匂い以上に恥ずかしい場面を目の当たりに、いや、鼻の当たりにしたのだから。

それも、美しくて優しい義姉のものを。

茫然としているあいだに、直腸から洩れた発酵臭は消えてしまった。ほんの一瞬でも嗅げたあれは、それだけ貴重なものだったのだ。おそらく、夫だった兄も嗅いだことはあるまい。

(義姉さんが、僕の顔にオナラを——)

その瞬間を思い返すだけで、全身が熱くなる。理性などもはや役に立たず、恭司はブリーフをずり下ろして勃起をあらわにした。若い力を漲らせるそれを握り、猛然としごく。

「むうう」

目のくらむ快美感に襲われ、鼻息が荒くなった。それが美紗子の肌にかからないよう注意しながら、オナニーに耽る。

（ああ、義姉さん……義姉さん——）

目の前にあるのは、愛しい義姉の艶尻。見るからにぷりぷりした肉感に、心を鷲摑みにされる。さらに、湯上がりの肌の香りと、秘められたところから漂う媚香にも昂奮が高まった。

（あ、いく——）

いざ自己愛撫を始めれば、いきつくのは早かった。たちまち頂上が迫り、ティッシュを探す余裕もない。恭司は咄嗟に左手を亀頭の前にあてがった。

「くぅ」

息を殺して呻き、絶頂の波に身を委ねる。脈打つペニスが熱いエキスを吐き出し、それが手のひらに降りかかった。

そのとき、恭司は無意識に、鼻面を秘められた谷に埋めていた。なまめかしさを増した恥臭と、かすかな放屁の残り香にまた昂ぶり、三度目とは思えない量の精液を溢れさせる。全身が気怠くなるほどに気持ちよかった。

ところが、すべてを出し切ったところで、いきなり美紗子が寝返りをうったものだから仰天する。

（わ——）

恭司は声にならない叫びを上げ、後ろに飛び退《の》いた。射精直後で、腰がかなり重かったにもかかわらず。

(え、起きた!?)

こちらはペニスをまる出しで、しかも手で受け止めたはずのザーメンも床にこぼしている。見つかったら、何も申し開きはできない。

しかし、美紗子は仰向けになっただけで、幸いにも目を覚ましそうな様子はない。恭司は安堵した。

(あんなことをしたバチが当たったのかも……)

昂奮もすっかり冷め、とにかく後始末をしなければとティッシュを探す。自分の手と床を綺麗に拭い、丸めたものは引っ張りあげたブリーフの中に突っ込んだ。匂いでバレる恐れがあるから、この部屋のゴミ箱に捨てていくわけにはいかない。

証拠が残っていないか確認し、改めてベッドの上を見た恭司は、心臓が停まりそうになった。むっちりして美味しそうな太腿がまる見えなのに加え、バスタオルの裾から逆立った秘毛が見えていたのである。

漆黒の恥叢は、かなり濃かった。脚はわずかに開いているものの、秘められた部分はまったく見えない。下のほうまで縮れ毛が密集しているようだ。

煽情的な光景に、若い欲望が再び頭をもたげる。しかし、さすがにまたオナニーをする気にはなれなかったし、そんなことをしちゃいけないと自らを戒める。

(これ以上、義姉さんを穢しちゃいけないんだ)

さっき美紗子が向いていた側に、毛布が丸まっている。それを抱きしめて横臥していたようだ。

恭司は彼女を起こさないよう、注意深くからだに毛布をかけてあげた。秘毛も太腿も、それから胸元も見えなくなって、ようやくホッとする。

軽やかな寝息をたてる義姉は、とても綺麗だった。下着を汚していたことも、オナラをしたことも信じられないぐらいに。気高くて、畏れ多いとさえ感じた。

それだけに、自らのしでかしたことが許せない。

「……ごめん、義姉さん」

寝顔に謝り、電灯を常夜灯にして部屋を出る。ドアを閉める前に、恭司は小声で「おやすみ」と告げた。

5

翌朝、茶の間にいくと、すでに朝食の準備ができていた。

「あ、おはよう、恭司君」

台所から味噌汁の鍋を運んできた美紗子が、笑顔で朝の挨拶をする。出勤用のスーツの上に、エプロンを着けた格好が愛らしい。

「おはよう」

恭司はできるだけ爽やかに挨拶を返したつもりだった。けれど、意識するあまり、声が多少うわずっていたかもしれない。

しかし、義姉は特に不審がる様子はなかった。

「恭司君は、今日はゆっくりしていられるんだよね？」

ご飯をよそいながら、美紗子が確認する。入学式は午後からだから、恭司は昼までに登校すればよかったのだ。

「うん。十一時過ぎに出れば間に合うと思うよ」

「じゃあ、お昼は冷蔵庫にあるものを、適当に食べてね。あと、朝ご飯の片づけもお願いしていい？」

「うん、いいよ」

「ごめんね。昨夜もしてもらったのに」

その言葉に、恭司の胸は高鳴った。昨晩、台所にいたときにバスタオル一枚で現れた彼女を思い出したからだ。

さらに、ベッドでの無防備な寝姿まで。

「いや、義姉さんだって忙しいんだし、僕も無事に高校に入れたんだから、これからはもっと家事を分担しないと」

「だけど、進学校だから勉強が難しくなるわよ。家事をする時間なんてないんじゃないの?」

「そんなことないよ」

普段どおりに会話をしているつもりだった。だが、恭司は美紗子の顔をほとんど見ていなかった。

正直、見られなかったのだ。

汚れた下着や寝姿に昂奮し、三度もオナニーをしてしまった。いや、正確には四回だ。自分の部屋に戻ってベッドに入った後、またムラムラして自らをしごき、精を放ったのである。

自分が欲望に溺れたケダモノのように思えて仕方がない。しかも、寝起きはいつものごとく朝勃ちをしていたものだから、ますます自己嫌悪に陥った。

そんなふうだったから、義姉に合わせる顔がなかったのだ。

「だけど、恭司君、なんだか疲れた顔してるわよ。だいじょうぶ?」

美紗子の問いかけにドキッとする。過度な自慰の影響が、顔に出ているのだろうか。

「いや、べつに何ともないけど」

何食わぬ顔で答えたものの、彼女は「そう?」と首をかしげた。

「目も赤いわよ。寝不足なんじゃない？」

遅くまでオナニーをしていたからなんて言えるはずもなく、恭司は懸命に言い訳を探した。

「ああ……えと、たしかにそうかも。入学してからのことをあれこれ考えていたら、眠れなくなったんだ」

「そうなの？　だけど、あまり深く考えすぎないほうがいいわよ。何事も真面目にやっていれば、道は自然と開けるものだから」

美紗子は素直に信じたようで、先生らしく励ましてくれる。恭司は胸の痛みを感じつつ、「そうだね」とうなずいた、
するとひ、彼女が小さく舌を出す。

「まあ、わたしも偉そうなことが言える立場じゃないけど。昨夜は恭司君にみっともないところを見せちゃったから」

「え？」

恭司は驚いた。ひょっとして、バスタオル一枚で寝てしまったことを言っているのかと思ったのだ。

（じゃあ、僕が部屋に入ったことも知ってるのか――）

それればかりか、寝乱れ姿に昂奮し、オナニーをしたことも。

絶望と羞恥に苛まれ、恭司は茶の間から逃げ出したくなった。次に義姉から何かを言われる前に。

しかし、それは早合点であった。

「本当に、あんなに酔ったことってこれまでなかったわ。妙にはしゃいじゃってたし。やっぱり飲み過ぎたのね。お風呂に入ったところまではなんとなく憶えてるんだけど、あとは記憶が全然ないんだもの」

「え?」

「ねえ、わたし、昨夜ヘンなことしなかった?」

不安げに訊ねた美紗子に、恭司は胸を撫で下ろした。

(そっか、何も憶えていないのか……)

バスタオル一枚で義弟の前に出たことも、記憶にないらしい。ならばと、あとであらぬ疑いをかけられぬよう、咄嗟に作り話をする。

「ううん。いつもより明るくて、おしゃべりが多かったぐらいだよ。お風呂からあがったあと、そのまま寝室に行ったみたいだったから、すぐに寝ちゃったんじゃないの? 僕は台所で洗い物をしていたからわからないけど」

「そう……」

美紗子はホッとした顔を見せた。醜態を晒したのではないかと、気になっていたようだ。

「だったらよかったわ。とんでもない格好で寝ていたから、てっきり——」

言いかけて、義姉が口をつぐむ。

「え、とんでもない格好？」

「あああ、な、何でもないの」

焦った彼女が、頬を赤らめる。もしかしたら、眠っているあいだにバスタオルがはずれ、素っ裸になっていたのではないか。

うろたえ気味に味噌汁を口に運び、「あちっ」と小さな声をあげた義姉に、恭司は頬を緩ませた。だが、自らのしでかしたことに、また罪悪感がぶり返す。

（こんなに素直で、疑うことを知らないひとなのに……僕は、なんてことをしちゃったんだろう）

ああいうことは、もう絶対にしまいと心に誓う。

「もう酔いは覚めたの？」

「え？　ああ、うん。起きたとき、ちょっと頭痛がしたけど、今はなんともないわ」

「よかった。入学式のときも酔っぱらってたら、どうしようかと思ったよ」

「そんなわけないじゃない」

むくれ顔を見せた美紗子が、今度は心配そうに眉をひそめる。

「ねえ、わたし、お酒くさい？」

「え？　いや、そんなことないけど」

「ちょっとこっちへ来て」

「え、こっちって？」

「顔だけでいいから」

訳がわからず卓袱台の上に身を乗り出すと、彼女も同じようにした。そして、恭司に向かってハァーと息を吹きかけたのである。

酒の匂いが残っていないか確認させるためだと、もちろんすぐにわかった。しかし、義姉のかぐわしい息をダイレクトに嗅がされて、恭司は瞬時に固まった。

彼女はいつも朝食後に歯磨きをするから、それは取り繕ったところのない、有りのままの息であった。わずかに味噌汁の風味があった他は、熟しすぎた果実のような、妙に甘ったるい匂いがした。

（ああ、これは義姉さんの……）

普段だって、そばにいるときに息の香りを嗅ぐことがある。そのときのものとほとんど変わりはない。けれど、それこそ温かさまで感じるほどだったから、感動で頭がくらくらした。

「やっぱりお酒くさいの？」

恭司が微動だにせず、おまけに何も言わなかったものだから、そうに違いないと思ったらしい。美紗子が泣きそうに顔を歪める。

「——あ、ううん。そんなことないよ」

我に返り、首を横に振っても、彼女は信じなかった。

「だったら、どうしてすぐにそう言わないのよ?」

「いや……義姉さんの息が、すごくいい匂いだったから」

つい本音を言ってしまうと、美紗子が耳たぶまで真っ赤になる。

「な、なな、なによ、いい匂いって!?」

慌てて手のひらを口の前にかざし、ハァーと息を吐いて匂いを確認する。口臭があることを皮肉られたと思ったのだろうか。そんなしぐさがやけにほほ笑ましい。

(可愛いな、義姉さん)

そのとき、いつの間にかペニスが硬くなっていたことに気づき、恭司は狼狽した。

第二章　誘惑の桃尻

1

「おい、保健室の先生って美人だよな」

「それに、すごく優しそうじゃね？　おれ、毎日かよっちゃうかも」

「バカ。お前なんかが相手にされるわけないだろ」

　入学式のあとの職員紹介で、新任の養護教諭として美紗子が前に出るなり、新入生たちのあいだに軽いザワめきが起こった。そして、右のような小声のやりとりも聞こえてきたのである。

（当たり前だろ。義姉さんは最高に綺麗だし、誰よりも優しいんだからな）

　恭司は胸の内でそんなことを思い、鼻高々だった。もっとも、ふたりの関係を周囲に打ち明けるつもりはない。

『わたしたちが家族だってことは、友達に言わないでほしいの。べつにわたしは恭司君の成績をつけたりする立場にないけど、いちおう教職員のひとりだし、何か誤解されるようなことがあったら困るから』

今朝、美紗子が出がけにそう言って、恭司も納得したのである。ただ、勘繰られる云々とは関係なく、最初から話すつもりはなかった。

（義姉さん目当てで僕と友達になろうとしたり、家にまで押しかけてくるやつがいるに決まってるもの）

こんな素敵な義姉がいることを教えるなんてもったいない。自分たちだけの秘密にしておきたかった。要は、美紗子を独占したかったのである。幸いなことに、彼女は仕事では綿海姓ではなく、旧姓で通していた。まず疑われることはないだろう。

と、壇上の美紗子が新入生たちを見回す。恭司と目が合い、その瞬間、頬がわずかに緩んだ。

恭司は、躍りあがりたいほど嬉しかった。

式のあと、新入生たちは教室に入った。まだ座席は決まっていないから、それぞれ好きな場所に坐る。恭司も空いていた席に着いた。

同じ中学からも何人かここに入学していたが、クラスにはひとりもいない。初対面の相手と言葉を交わせるほど社交的ではないから、とりあえず黙って坐っているしかなかった。

（いいなあ、知り合いがいるやつは）

楽しげに談笑しているクラスメートに、羨望の眼差しを送っていると、

（え——）

視界の端に、自分を睨んでいる存在を見つけてドキッとする。隣の席の女生徒であった。

最初は、たまたまこちらを見ていただけなのだろうと思った。けれど、彼女の目が他に向けられることはない。気のせいでもなさそうだ。

（誰だろう……）

目玉だけを恐る恐る横に移動させれば、やはり睨まれていた。それも、あからさまに憎々しげな目つきで。

その少女に見覚えはなかった。同じ中学ではないし、近所で見かけたこともない。

ただ、キツい眼差しを別にすれば、なかなか可愛らしい子だ。

首筋までのショートカットはさらさらで、快活そうな印象である。濃い眉には勝ち気な性格が表れていた。今は細めているものの、二重の目はぱっちりして大きいに違いない。

（どうして僕を睨んでるんだろう？）

顔見知りでないのだから、彼女に何かをした覚えはない。あるいは合格発表のとき

か、教科書や体操着を購入したときに会っているのか。そして、たとえばぶつかったとか、足を踏むとかしたのだろうか。

しかし、懸命に記憶を辿っても、思い当たるフシは一切なかった。

(僕と誰かを間違えてるのかな)

それが最もあり得る解釈のようだ。けれど、ヘタに確認して、言いがかりをつけているととられても困る。向こうから手なり口なりを出してこないうちは、そっとしておいたほうがよさそうだ。

そう考えて、恭司は知らぬ存ぜぬを決め込んだ。そのうち、彼女が後ろの席の女生徒と話しはじめたので安堵する。

(睨まれてるように見えたのは、僕の勘違いかもしれない)

ところが、何気に隣の少女を確認した恭司は、胸を高鳴らせた。

(え!?)

彼女は上半身を後ろに向け、友人らしき女子生徒と談笑している。だが、下半身は中途半端に恭司のほうに向けられており、しかも大股開きだったのだ。

制服のチェックのスカートは、校則では膝上三センチより短くしないと決められている。しかし、お行儀の悪い格好のせいか、あるいは校則など無視しているのか、さらに短いようだ。

そのため、スカートの奥が丸見え状態だったのである。

彼女が穿いていたのは、シンプルな白いパンティだった。少なくとも下着は真面目な優等生っぽい。

ところが、淫靡《いんび》な縦ジワを刻んだクロッチの中心が、薄黄色く汚れていたのである。自転車のサドルにでもこすりつけてそうなったのか、それとも愛用しているものだから、染みついたものがなかなか落ちないのかは定かでない。

ただ、今にもそこから甘酸っぱい匂いが漂ってきそうに感じられるほど、生々しい眺めだったのだ。

恭司はいったん目を逸らした。前を向いて、動悸を鎮めようとする。

しかし、どうしても気になって、また隣を盗み見た。

気のせいか、少女はさっきよりも脚を開いているようである。おしゃべりに夢中で、はしたない姿を晒していることもわからないのか。

それをいいことに、恭司はその部分をじっと観察した。

最初は下着にばかり目を奪われたが、ナマ白い内腿もかなりセクシーだ。同学年とは思えない、女の色香すら感じる。

そして、純白に見えたパンティも、本当に白いのはクロッチだけで、他は小さなドット模様が散らしてあるとわかった。

もちろん最も心惹かれるのは、布が二重になった底の部分だ。彼女がからだを揺らすと、縦ジワが微妙によじれる。それが秘められたところの佇まいをそのまま浮かしているように見え、また胸の鼓動が大きくなる。

そうやってクラスメートの下着を窃視しながら、恭司は義姉のパンティを思い出していた。洗濯機の中にあった、クロッチの裏地に分泌物をこびりつかせていたものを。

昨晩嗅いだばかりのかぐわしい秘臭も蘇り、悩ましさに包まれる。隣の少女のそこも、同じように蒸れた乳酪臭をさせているのだろうか。

そんなことを考えて、いっそうたまらなくなったとき、いきなり少女が脚を閉じたものだから驚く。

（え――）

焦って顔をあげれば、すっくと立ちあがった彼女が、こちらを憎々しげに睨みつけていた。

「ちょっと、なに見てるのよ!?」

大声で罵られ、恭司はパニックに陥った。

「え、え!?」

うろたえて周囲を見回したものの、彼女の怒りの矛先は、間違いなく自分に向けられている。

「あんた、さっきからあたしのパンツを見てたでしょ。それも、やらしい目をして。わかってるんだからね！」

事実その通りだったから、否定も反論もできない。おまけに、クラスメートたちの視線が一斉に向けられている。恭司はうろたえるばかりだった。

「しかも、チンチンをふくらませてさ。最低なヤツ」

侮蔑の言葉に、目頭が熱くなる。だが、本当にズボンの前がもっこりと隆起していたものだから、慌てて両手で隠した。

「フン。みっともないったらありゃしない。死ねば？」

捨て台詞みたいに言い放ち、少女がガタンと大きな音を立てて席に着く。突然の出来事に、教室内は静まりかえっていた。

（……嘘だろ、こんなの）

恭司は打ちひしがれ、俯いて目を潤ませた。

間もなく、教室内が元通り騒がしくなる。だが、全員の目が自分に向けられているように感じ、恭司は居たたまれなかった。軽蔑され、陰口を言われているに違いない。すぐにでもそこから逃げ出したかったけれど、それは自らの非を認めるようなもの。まあ、実際に、罵られたようなことをしていたのだが。おまけに、ペニスまでふくらませて。

希望に満ちあふれていたはずの高校生活が、スタートラインに立ったばかりのところで躓《つまず》いてしまった。著しい倦怠感に苛まれる。何もかもどうでもいいと、恭司は荒んだ気持ちにも囚われた。

2

あんなことがあった翌日である。恭司は登校するのが嫌でたまらなかった。

しかしながら、本当に休んだりしたら、いないあいだにみんなから何を言われるかわからない。ますます行きづらくなってずるずると休み続け、そのまま登校拒否になる可能性がある。

そんなことになったら、これからの人生が滅茶苦茶だ。

（それに、義姉さんだって悲しむに違いないんだ）

ここは恥を忍んで行くしかない。

ただ、義弟の様子がおかしいことは、美紗子にもわかったようだ。

「恭司君、なんか元気ないわね。どうかしたの？」

朝食のときに心配され、恭司はドキッとした。

「え、そうかな？」

慌てて笑顔を見せたものの、義姉は「うん」と真剣な面持ちでうなずいた。

「昨夜も元気がなかったけど、入学式で緊張もしただろうし、疲れたのかなって思ってたの。でも、今朝も変わってないから、ひょっとして、何かあったのかなって」

「いや、何もないよ。まあ、いよいよ高校生だから、気が張ってるのは確かだけど。あとは、周りの生徒がみんな頭が良さそうに見えたから、勉強についていけるのかって不安もあるかな」

「それだけ？」

「うん。心配しなくてもだいじょうぶだよ。僕、しっかり頑張るから」

それは自分自身に向けた励ましの言葉でもあった。

「だけど、無理はしないでね。何かあったら、いつでも保健室に来ていいのよ。わたしはあそこにいるからね」

「うん、ありがと。でも、本当に大丈夫だから」

美紗子には気丈に告げたものの、正直な話、少しも大丈夫ではなかった。登校のときも、ともすれば止まりそうになる足を叱りつけ、どうにか学校に向かったのである。

教室に入ると、すでにほとんどの生徒が登校していた。昨日の最後に学級担任から指示されたように、名簿順に坐っている。

何人かがこちらを見たようであったが、特に気にされている様子はない。初日から女子の下着を盗み見て、罵倒された情けない男だと、蔑まれているわけではなさそうだ。恭司はホッとした。

ただ、ひとりだけ自分を睨みつけている者がいる。昨日の少女だ。

恭司はそちらのほうをなるべく見ないようにして、急いで席に着いた。

名簿順のおげで彼女とは離れており、いくらか気が楽だった。また隣に坐ろうものなら、何を言われるかわからないからだ。

間もなく始業のチャイムが鳴り、担任が教室にやってくる。

「そこのあなた、号令かけて」

教壇に立つと、すぐ前にいた生徒に「起立、礼、着席」の号令をかけさせたのは、このクラスの担任である笠井《かさい》知夏《ちなつ》先生だ。

昨日は入学式のあとということもあり、パンツスーツを着ていた。けれど、今日は上下ともジャージである。知夏は体育教師であり、これが彼女にとってフォーマルな装いなのだろう。

身なりもそうであるが、はきはきした言動からも体育会系であるとわかる。最初の印象では二十代の後半ぐらいに見えたが、入学式のあとでもらった職員名簿を確認したところ、三十歳であるとわかった。いつも運動しているから若々しいのか。肌が綺麗で、鼻筋の通った凛々しい顔立ちである。

茶色のロングヘアをポニーテールに結った知夏は、教卓に両手をついた姿勢でも背すじが真っ直ぐだ。前をはだけたジャージの内側はTシャツで、胸のところが大きく盛りあがっている。ブラジャーのレースがくっきりと透け、かなりの巨乳だとわかった。運動のとき邪魔にならないのかと、おせっかいな心配をしてしまうぐらいに。

彼女は担任するクラスの生徒たちを見回し、よく通る声で語りかけた。

「あなたたちは厳しい受験を乗り切って、この御津園高校に入学したわけだけど、それで安心してちゃ駄目よ。まだスタートラインに立っただけで、走り出してもいないの。そして、それぞれが目指すゴールは違うだろうけど、どのトラックも決して楽じゃないわ。怠けて休んだら、他の子たちから何周も遅れちゃうかもしれない。それどころか、ゴールできない場合もあるのよ。毎年少数だけど、ドロップアウトする生徒もいるの。わたしは、あなたたち全員がゴールまで走り抜くことを期待しているし、それが実現できるよう、応援と手助けをするつもりよ」

入学したからといって安心してはいけないというのは、言われずともわかっていたことである。しかし、こうして担任教師から発破をかけられると、しっかりやらなくちゃという気持ちが湧いてくる。

（そうだよな……いくらいい高校に入っても、卒業できなかったら意味がないんだ）

卒業したら卒業したで、次の進路が待ちかまえている。これからの三年間で、自分がどこに行くのかが決まるのだ。

余計なことに悩んでいないで、とにかく頑張ろうと恭司は決意した。

担任の話が終わると、自己紹介になった。順番に起立し、氏名と出身校、それから趣味や、高校生活への抱負などを語るのだ。

新たな気概を胸に抱いた恭司は、順番が回ってくるまでのあいだ、何を言おうかあれこれ考えた。いよいよ自分の番になり、立ちあがって名前と出身校を言う。続いて、抱負を述べようとしたところで、視線に気がついた。

あの少女だった。

《パンツを覗き見てた変態のくせに——》

昨日と同じようにこちらを睨む目は、そう罵っているように感じられた。おかげですっかりうろたえ、考えていた台詞がすべて吹っ飛んでしまった。

「あの——これから一年、よろしくお願いします」

結局、それだけ言って、席に坐ったのである。

「あら、もっと自分をアピールしていいのよ」

知夏に言われたものの、再び立ちあがる気力はない。恭司は俯いて首を横に振った。

（ったく、情けないな……）

泣きたくなったものの、ここで涙を見せたら、余計にみっともない。唇を噛み締め、どうにか堪えた。

名簿順だと、恭司は男子の一番最後である。次は女子になり、打って変わって明るい自己紹介が続いた。

そして、あの少女の番になる。

「佐藤香緒里《さとうかおり》です。山瀬一中《やませいっちゅう》から来ました」

名前を聞いても、やはり誰なのかわからなかった。

何かしたわけでもないのに、どうして親の敵みたいな態度をとられねばならないのだろう。いくら下着を盗み見たのが事実だとしても。

(だいたい、行儀悪く脚を開いていた自分も悪いんじゃないか)

理不尽な振る舞いに、さすがに腹が立ってくる。

香緒里は自分の趣味や、卒業後は誰もが知っている有名大学の文学部へ進学希望であること、中学ではテニス部だったので、高校でも続けたいことなどをはきはきと述べた。

自己紹介だけなら、いかにも優等生というふうである。そんな子がどうして自分を睨みつけ、あんな酷い罵倒の言葉を浴びせたのか。恭司はまったく理解できなかった。

自己紹介が終わると、それで一時限目は終了である。次の時間に学級委員や、各自の委員会の所属を決めるから考えておくようにと言い残し、知夏は教室を出ていった。

「ふう……」

恭司はどっと疲れを覚え、机に突っ伏してため息をついた。

(何なんだよ、いったい……)

何か特別なことをしたわけでもないのに、全身が気怠い。原因はわかっている。佐藤香緒里という、あの少女のせいだ。

そっと顔を上げて様子を窺うと、彼女は後ろの席の女子生徒と談笑していた。また大股びらきで、隣の生徒に下着を見せつけているのではないか。

思ったものの、恭司の席からは伸びあがらないと確認できない。そんなことをすれば、また香緒里に見咎められ、性懲りもなくと罵られるのがオチだ。

(もう、あの子にはかかわらないでおこう)

触らぬ神に祟りなしだ。あとは机に顔を伏せて。休み時間をやり過ごす。

チャイムが鳴り、知夏が教室に入ってくる。さっきの時間に指名された生徒が、言われずとも起立、礼の号令をかけた。

「それじゃ、まずは学級委員からね。さっきと今は、彼に号令をお願いしたけど、委員長と副委員長が決まったら、号令はふたりにやってもらうから。もちろん、それ以外にもやることはあるけど、まあ、仕事内容は中学のときとそう変わらないと思うわ。要はクラスを代表してもらうんだから、相応に人望や責任感があるひとじゃないとね。

ただ、一番望ましいのは、やる気のある人が立候補してくれることなんだけど」

そう言ってから、知夏はクラス全員を見回した。

「さ、どうかしら？」

明らかに立候補を促している顔つきだ。しかし、そこまで積極的な者はいないだろうと、恭司は踏んでいた。

(学級委員なんて、単なる雑用係みたいなものだし、進んでやりたがるやつなんていないだろう)

御津園高校に入学するのは、それぞれの中学でも上位にいた生徒たちだから、学級委員や生徒会役員を経験している者が多いはず。現に恭司も、中学のときは二年生で学級委員を、三年生で生徒会の役員を経験した。

つまり、多くはそれら役職の苦労を知っているわけである。ハイレベルな授業についていくためには、予習復習も欠かせない。学級委員など引き受けて、余計な仕事で時間を奪われたくはあるまい。

そんなふうに考えていたものだから、

「誰か、このクラスの学級委員長に立候補するひとはいない？」

そう知夏が声をかけたとき、

「はい。立候補します」

と、即座に手が挙がったものだから驚いた。いや、恭司だけでなく、おそらく立候補した生徒以外の全員が驚愕したに違いない。

手を挙げたのは、佐藤香緒里であった。

(何だってあいつが――)

恭司は信じられなかった。たしかに優等生なのかもしれないが、性格にかなり問題があるように思えたからだ。

「あら、いいじゃない。そういう積極的な子、わたしは大好きよ」

知夏が笑顔になる。出席簿を見て、

「ええと、佐藤香緒里さんね」

名前を確認した。

「はい、そうです」

「じゃあ、他に立候補がなければ、佐藤さんに学級委員長やってもらうけど、いいかしら?」

担任教師がもう一度見回しても、他の手が挙がることはなかった。代わりに、どこからともなく拍手が起こり、それがクラス中に広がる。

「それじゃ、みんなも異議はないようだから、佐藤さん、前に出て挨拶をしてちょうだい」

「はい」

香緒里が立ちあがり、教卓の横まで進み出る。物怖じすることなく教室内を見渡す堂々とした態度には、威厳すら感じられた。

「先ほども自己紹介で名乗りましたけど、改めて。この度、一年七組の学級委員長になりました佐藤香緒里です。未熟なりに、精一杯務めるつもりですので、どうかよろしくお願いします」

丁寧に頭をさげた彼女に、再び拍手が送られる。恭司も手を叩いたけれど、（いいんだろうか）という懸念は拭い去れなかった。ヘタに権限を与えてしまうと、何か理不尽なことをしそうに思えたのである。

「じゃあ、委員長が決まったから、あとは副委員長ね。委員長が女子だから、男子にやってもらいたいんだけど、誰か――」

再び立候補を促そうとした担任に、香緒里が「先生」と声をかける。

「副委員長は、あたしが指名してもいいですか？　いっしょに仕事をするわけですから、ある程度気心の通じるひとがいいんですけど」

「そうね。せっかく立候補してくれたんだから、なるべく希望を叶えてあげたいし、みんながそれでいいっていうのなら、わたしはかまわないわよ」

知夏がクラスの生徒たちに向き直る。

「副委員長は、委員長の指名でいいかしら?」

異を唱える声はあがらず、全員がうなずいた。

(てことは、誰にするのかもう決めてるんだな)

同じ中学出身の男がいるのだろうか。自分の自己紹介を考えるのに夢中で、恭司はクラスメートの出身校などしっかり聞いていなかった。

(いや、部活の試合で知り合った男子かもしれないぞ)

どっちにしろ、自分には関係ないと思っていたものだから、

「では、副委員長は綿海恭司君にお願いします」

名前が呼ばれるなり、恭司は「ええーっ!」と素っ頓狂な声をあげてしまった。

3

その日の放課後、恭司は香緒里とふたりで、クラスの掲示物を作成した。係や委員会の分担を表にまとめるのである。

残っているのは自分たちだけなのか、一学年教室の並んだフロアは静まり返っている。恭司たちも無言だったから、だんだん気詰まりになってきた。

だからと言って、特に話すようなことはない。入学して同じクラスになったというだけの関係で、もともと知り合いではなかったのだから。

そんな自分がどうして副委員長に抜擢されたのか、さっぱりわからない。

「あの……どうして僕なの？」

ずっと知りたくてたまらなかった疑問を、恭司は思い切って口にした。ところが、香緒里はきょとんとした顔を見せ、

「え、何のこと？」

と、問い返す。

「だから、どうして僕を副委員長に選んだのかってこと」

「ああ」

ようやく納得したようであったが、返ってきた答えはいい加減としかとれないものであった。

「決まってるじゃない。あんたなら、あたしの言うことを聞くと思ったからよ」

実際、今も恭司は香緒里に指示されたとおり、床に広げた大きな模造紙に、ペンで罫線を引いていたのである。作業スペースを確保するために、机を移動させたのも彼だった。彼女のほうは椅子に腰かけ、ずっと見守っているだけであった。

「へえ、そうか。つまり、最初から僕を、こんなふうにこき使おうって考えてたわけなんだね」

恭司は厭味を言ったつもりだった。ところが、傲慢な女委員長は、

「そうよ」

と、あっさり認める。これには二の句が継げなかった。

(何なんだよ、こいつ……)

パンティを盗み見た負い目もあり、ずっと気が引けていたのである。だが、もはやそんなことはどうでもよくなり、恭司は苛立ちを募らせた。

ところが、香緒里のほうは少しも意に介した様子がない。最初からこちらを下に見ていたのは明らかで、ますます腹立たしくなる。

(ずっと僕を睨んでいたように見えたのは、こいつなら手玉に取れるって値踏みしてただけなんだな)

おそらく、最初から学級委員長に立候補するつもりだったのだろう。それも、積極的だからではなく、担任にいいところを見せて内申点を上げるために。面倒なことは、副委員長に押しつける気でいたのだ。

(ようするに、僕は利用されてるだけってことか)

何もかも裏があるに違いないと、恭司は決めつけていた。顔は可愛くても、かなりの要注意人物のようだ。

「だけど、あんたはあたしに感謝すべきなのよ」

香緒里が腕組みをし、見下す眼差しで告げる。恭司は「はあ?」と彼女を振り仰いだ。

「あんたはあたしのパンツを盗み見て、おまけに勃起してたことで、クラスのみんなから変態だって思われていたの。だけど、あたしが副委員長に選んだことで、あれは何でもなかったのかって、チャラになったんじゃない。でなきゃ、あんたはこの先ずっと、みんなから白い目で見られることになったのよ」

勝手なことを言ってくれると、恭司は憮然となった。

そもそもあれは、彼女が大股開きで下着を見せつけていたのが悪いのだ。そのことを棚に上げて感謝すべきだなんて、恩着せがましいにも程がある。

それに、今となっては、あれは副委員長に指名されても断れなくするための罠だったのではないかと思える。

ただ、香緒里の言うことにも一理ある。副委員長に選ばれたことで、昨日の一件を彼女が気にしていないと知れ渡ったのも事実なのだ。

実際、香緒里が恭司の名前を口にするなり、クラス全員が意外だという顔をしたのは、昨日あんなことがあったからなのだ。それでも、拍手をして副委員長に選ばれたことを歓迎してくれたから、今後あのことが蒸し返される心配はないだろう。おかげで、今朝までずっと思い悩んでいたのが嘘のように、気持ちが楽になっていた。

だからと言って、感謝しようなんて気にはならない。

「盗み見たって言うけど、たまたま視線を向けたところにパンツがあったっていうのが事実だと思うけど。行儀悪く股を開いていた佐藤さんにも、落ち度があるんじゃないの？」

　この反論に、香緒里は小馬鹿にした笑みを浮かべた。

「へえ、あたしのせいにするわけ。そんな自分勝手な言い訳が通用するほど、世の中は甘くないわよ。だいたい、たまたま見えただけでチンチンを大きくするなんて、よっぽど溜まってたのね」

　品のない発言に、恭司はあきれ返った。彼女のことを優等生かもしれないと、少しでも思ったことを後悔する。

（ようするに、先生にうまく取り入ってるだけの、外ヅラがいいやつなんだな）

　実は腹黒くて、性格がねじ曲がった少女のよう。

　やはり下着を晒していたのはわざとなのだ。意図的に見せつけ、盗み見の現場を捉えたところで怒鳴りつける。あれで恭司は逆らえなくなったのであり、副委員長の指名も拒めなかったのである。

　なんて汚い手を使うのだろう。怒りすらこみ上げたとき、彼女に一矢を報いる反論を思いついた。

「たしかに僕は勃起してたけど、それは佐藤さんの下着を見たからじゃないよ。他のことを考えていたからなんだ」

あのとき、恭司は美紗子の汚れたパンティを思い出していたのだ。決して出任せではない。

「他のことって何よ？」

案の定、香緒里は訝る表情を見せた。

「それに答える義務はないよ。僕のプライバシーなんだから」

「何がプライバシーよ。変態のくせに」

「佐藤さんがどう思おうと勝手だけど、事実そうなんだもの。だいたい、あんなガキっぽいパンツに昂奮するはずがないよ」

この反撃に、女委員長は顔色を変えた。

「ガキっぽいってどういうことよ!?」

「事実だろ。今どきあんなダサいパンツ、中学生でも穿かないと思うけど。それに、アソコのところが黄色くなってたし、ひょっとしてオシッコでも漏らしたの？」

彼女の頰が真っ赤になる。オモラシこそしていなくても、クロッチが汚れていたことをあとで確認したのではないか。

「行儀よくできないのなら、せめて綺麗なパンツを穿いたほうがいいよ。でないと、恥をかくのは佐藤さんのほうなんだから」

香緒里が悔しげに唇を歪める。恭司は溜飲が下がった気がした。

ところが、彼女がいきなり立ちあがったものだからドキッとする。

「好き勝手言ってくれるじゃない」

憎々しげに睨みつけられ、恭司は思わず後ずさった。相手に強く出られると、途端に怖じ気づいてしまう。もともと気弱な性格なのだ。

（しまった。言いすぎたかも……）

後悔しても遅い。怒り心頭という形相の委員長が前に進み、恭司は尻をついた情けない格好で後ろにさがった。

「あんた、あたしのパンツなんかじゃ昂奮しないって言ったわよね？」

「い、いや、それは……」

「これでも昂奮しないの？」

彼女がいきなりスカートをめくりあげる。これには、恭司は度肝を抜かれた。

しかし、次の瞬間には息を呑み、あらわにされた下着に目を奪われる。

（こんなのを穿いてたなんて――）

昨日の優等生パンツとは打って変わり、それは総レースの大人っぽいインナーであった。色は鮮やかなピンク。前のところが浅いVの字に切れ込んでおり、今にも陰毛が覗けそうだ。

最初から見せるつもりで、こんなセクシーなものを穿いていたのか。制服姿とのギャップも著しく、背徳的なエロティシズムを醸し出す。

「ほら、後ろはこうなってるの」

香緒里が回れ右をして、スカートを腰までたくし上げる。後ろは丸みをすっぽり覆うフルバックタイプだったものの、やはりレースだから肌が透けていた。おしりの割れ目もばっちり見えている。完全にガードされているのは、クロッチのところだけらしい。

恭司は言葉を発することもできず、レースの薄布で飾られた愛らしいヒップに見とれた。

こんなエッチなパンティを着用していながら、スカートは昨日と同じ膝上の短いものだ。誰かに見られたらどうするつもりなのか。それとも、高校生ともなれば、総レースの下着などごく当たり前なのか。

さっき、あんなダサいパンツ、中学生でも穿かないなんて言ったのは、ただの当てずっぽうである。中学時代に、女子たちがどんなものをスカートの下に穿いていたのかなんて、恭司はまったく知らないのだから。

あるいは、それを知ったかぶりだと見抜いて、彼女はこんな暴挙に出たのかもしれない。

「ほら、見とれちゃってるじゃない。やっぱり昂奮してるんでしょ」

香緒里の声にハッとして我に返る。彼女は顔だけをこちらに向け、不敵な笑みを浮かべていた。

今や場の主導権は、完全に女委員長が握っていた。

スカートをはらりとおろし、香緒里が歩み寄ってくる。動けずにいた恭司の前で、いきなり右足をあげた。

（え——!?）

またパンティが見えてドキッとする。次の瞬間、シューズの足で思い切り胸を蹴られ、恭司は無様にひっくり返ってしまった。

「な、何をするんだ——」

急いで起きあがろうとすると、目の前にレースのパンティに包まれた丸みがあった。それが勢いよくぶつかってきたものだから、再び仰向けになる。

「むうう」

口許を塞がれ、恭司はもがいた。柔らかな重みが顔にのしかかる。

身を翻した香緒里が、おしりをのせてきたのだ。そう悟るなり、蒸れたヨーグルト臭が鼻奥にまで流れ込む。

（ああ、なんだこれ……）

もちろんそれは、少女の秘部の匂いである。義姉の下着に染み込んでいたものより酸味が強く感じられるのは、新鮮なフレグランスだからなのか。

ただ、妙に惹かれ、ずっと嗅いでいたくなるのは同じだ。

「ほら、どう？　女の子のおしりに敷かれる気分は」

どうやら屈辱を与えるために、香緒里はこんなことをしたらしい。それによって牡を昂ぶらせることに、気がついていないのだろうか。

生々しい秘臭に加えて、ぷりぷりした若尻の弾力にも心を奪われる。レース越しに肌のぬくみも感じて、いっそうたまらなくなった。

（あ、まずい）

海綿体に血液が流れ込む。牡のシンボルが徐々に容積を増やしつつあった。

そんなことが顔に乗った少女に知られたら、いっそう責められるに決まっている。

恭司は理性を発動させ、懸命に膨張を抑え込もうとした。

「あ、モッコリしてる」

含み笑いの声が聞こえるなり、顔に密着したヒップが少しだけ浮きあがる。続いて、股間に触れるものがあった。

「むううッ」

恭司は呻き、腰を跳ねあげてもがいた。香緒里が身を屈め、ズボン越しに勃起を握ったのだ。

「こんなに硬くしちゃって。やっぱりあたしのパンツで昂奮したんじゃない」

高まりを包み込んだ手指に、ニギニギと強弱がつけられる。女の子に勃起したペニスを弄《もてあそ》ばれているのだ。意識することで、分身がますます猛り狂う。

「あ、パンツじゃなくて、おしりに昂奮してるの？　それとも、おまんこのエッチな匂いが気に入ったとか」

自らの恥臭が牡を昂奮させると、彼女は自覚しているのだ。まだ、ほんの十五歳なのに。おまけに、恥ずかしげもなく卑猥な四文字を口にするなんて。

やはり優等生というのはまやかしだと、恭司は思い知らされた。可愛い顔をして、女なんて何を考えているのかわからない。

もちろん、美紗子は別であるが。

（こんなことまでできるなんて……たぶん、セックスも経験してるんだろうな）

自分より先に大人の世界へ踏み出したクラスメートに、けれど羨望は感じない。むしろ、好きにすればいい、いずれ堕落していくに違いないのだからと、敵意を覚えた。

そのくせ、快感を与えられる分身は、少しも勢いが衰えない。少女の愛撫——と呼べるほど巧みなものではないが——に反応し、雄々しく脈打つ。

「むふぅ」

悦びがふくれあがり、呼吸がはずむ。熱い吐息をクロッチに吹きかけてしまう。

「あは、すっごい息。オチンチンいじられて感じてるの？」

愉しげに囃した香緒里が、ズボンのベルトを弛める。何をするつもりなのか察して、恭司は下半身を暴れさせた。

「おとなしくしろッ！」

やけにどすの利いた声で怒鳴りつけられ、思わず動きが止まる。さらに、顔面に乗ったヒップが、ぐいっと重みをかけてきた。

「あんた、自分の立場がわかってるの!? おまんこの匂いを嗅いで勃起した変態のくせに、逆らうんじゃないわよっ！」

酷い言われように、涙がこぼれそうになる。彼女に何かしたわけでもないのに、どうしてこんな目に遭わねばならないのか。

すっかり打ちのめされ、恭司は抵抗する気力を失った。それをいいことにズボンの前が開かれ、ブリーフがずりさげられる。

「ふふ、出た出た、勃起オチンチン」

あらわになった屹立を、香緒里がためらいもせず握る。

「むぅう、ううッ」

柔らかくて温かな手指の感触に、悦びが一気に高まる。恭司は腰を跳ねあげ、鼻からも口からも、熱い息を吹きこぼした。

「もう、昂奮しすぎよ。鼻息でおまんこが蒸れちゃうじゃない」

男慣れした熟女のごとき言葉遣いをし、手にした肉根を乱暴にしごく美少女。若尻を左右にくねらせ、陰部を少年の口許にこすりつけながら。

「むぅ、ううッ、ンふぅうう」

目のくらむ愉悦に、恭司は身をくねらせてもがいた。

童貞の身で女の子からペニスをしごかれ、さらに濃厚な恥臭を嗅がされているのだ。到底長く堪えることは困難で、たちまち限界が迫ってくる。

（あ、いく――）

全身に震えが走る。頭の中が真っ白になり、呼吸も止まった。

あとは何がどうなったのか、よくわからない。ただ、下半身が意思とは関係なくビクビクと波打った。

「あっは、出た出た」

香緒里のはしゃぐ声が、やけに遠くから聞こえた。

4

香緒里が顔の上からどいたあとも、恭司はしばらくのあいだ茫然自失の体であった。半脱ぎ状態で萎えたペニスをあらわにしたまま、胸を大きく上下させる。

カシャッ、カシャッ——。

シャッター音が何度も響く。薄目を開けて確認すると、香緒里がスマホで写真を撮っていた。それも、剝き出しの下半身を中心に。全身像も撮っているようだから、みっともない姿がしっかり記録されてしまったのだ。

そうとわかっても、やめさせようという気すら起きない。何を言っても無駄だと思い知らされていたからだ。

「それにしても、いっぱい出したわね。溜まってたの？　すっごく飛んだのよ」

意地の悪い笑みを浮かべられ、恭司は憮然として睨み返した。のろのろと身を起こし、自身の下半身を目にするなり、著しい脱力感に苛まれる。

（何だよ、これ……）

縦横に飛び散ったザーメンが、ズボンばかりか制服のあちこちも汚していたのだ。本当に、かなり飛んだようである。明日も学校があるのに、痕が残らないよう綺麗にするのは並大抵ではない。

さすがに怒りがこみ上げ、香緒里を睨みつける。しかし、そんなことで怯むわけがなく、逆に睨み返されてしまった。

「なによ、文句あるの？　そのくっさい精子、あんたが出したんだからね。あたしが悪いんじゃないわ」

自分が絶頂に導いておきながら、そんなことを言う。

彼女は坐り込んだ恭司の前に椅子を置いた。どっかと腰をおろし、一般市民を脅すヤクザのごとく顔を突き出す。

これには、恭司は気圧されてのけ反った。

眉間にシワを刻んだ女委員長は、大股開きである。下にいる恭司からは、パンティがまる見えだった。

けれど、意識して視線を向けないようにする。ちょっとでも見ようものなら、また因縁をつけられるのは明らかだ。

だが、顔を引っ込めた香緒里が内履きを脱ぎ、ソックスも取り去って素足になったものだから、何をするつもりなのかと身構える。

「あんた、そろそろ自分の立場をきっちり理解したほうがいいわよ」

「な、何だよ、立場って……」

「あたしは委員長で、あんたは副委員長。あんたはあたしの言うとおりにしなくちゃいけないの。何事もね」

どうして学級委員になっただけで、そんな主従関係に甘んじなければならないのか。そんな規定は校則にも書いてなかった。

「そ、そっちが勝手に、僕を副委員長にしたんじゃないか」

「だから、変態のレッテルを貼られそうだったあんたを助けてあげたんでしょ？」

「そのレッテルだって、もとはと言えば佐藤さんが原因なんじゃないか」

「へえ、まだひとのせいにするんだ」

不遜な態度で腕組みをした香緒里が、見下す目を向ける。これ以上好き勝手にされてたまるものかと、恭司は睨み返した。

そのとき、目の前に何かがすっと突き出される。ギョッとしてのけ反れば、それは少女の爪先だった。

「なんだよ――」

あまりに無礼な態度に怒りをあらわにしかけたところで、蒸れた匂いが鼻先をふわっと掠める。

(え――？)

汗と脂の混じった、いささか品のない臭気は、彼女の足――爪先が漂わせるものだった。

同じような匂いは、自分のものでも他人のものでも、何度も嗅いだことがある。しかし、異性のものは初めてだ。

女の子でも、男と同じように足が匂うということに、恭司は衝撃を受けた。童貞ゆえに、異性に対して少なからぬ幻想を抱いていたから、まったくもって信じ難いことであったのだ。

しかも、性格はともかくとして、こんな美少女が。

恭司は思わず身を強ばらせ、ほのかにツンとするそれに鼻を蠢かせた。決していい匂いではないのに、こんなにも惹かれるのはなぜだろう。性器のかぐわしさとは異なる魅力があった。

あるいは、見た目とのギャップが昂ぶりを呼ぶのか。義姉のオナラに昂奮させられたように。

もっとも、香緒里は匂いを嗅がせるために、素足を差し出したのではなかった。

「足を舐めなさい」

顔面騎乗と同じく、屈辱を与えるためなのだとわかる。立場が下であることを思い知らせようとしているのだ。

そんなことはできないと、拒むこともできた。何なら、教室を出ていってもよかったのである。傲慢な振る舞いに従う必要などなかった。

ところが、少女の飾ることない生活臭に劣情を覚えた恭司は、操られるように爪先へ顔を近づけた。小鼻をふくらませ、濃密になった臭気に胸を震わせる。

「ほら、舐めるのよ」

言われるなり、ためらうことなく親指を口に含んだ。

「え⁉」

香緒里が驚きを含んだ声を洩らす。ひょっとしたら、本当にするとは思っていなかったのか。

爪先がくすぐったそうに握り込まれる。それにもかまわず、恭司は舌を絡みつかせた。

美少女の足指は、ほんのりしょっぱかった。股に舌を這わせれば、わずかにザラつきがある。埃とソックスの繊維が合わさったものだろう。

あとは夢中で舌を躍らせ、丹念にしゃぶった。

「ば——バッカじゃない⁉　ホントに舐めるなんて」

やはりそこまでさせるつもりはなかったらしい。彼女は明らかに戸惑っていた。

恭司のほうは、嫌悪も抵抗もまったく感じることなく、喜々として爪先をしゃぶった。指の一本一本を丁寧に、股のところも念入りに舐める。こびりついていた味も匂いもこそげ落とすつもりで。

「あん、くすぐったい」

香緒里は何度も足を引っ込めようとした。けれど、くすぐったさの中にもあやしい悦びを得ていたのか、好きに舐めさせる。

さらに、もう一方の足も与えてくれた。

そうやって爪先の匂いと味を堪能するうちに、ペニスが再び力を漲らせる。強ばりきって反り返り、鈴口から白く濁った先汁を溢れさせた。

「も、もういいわ」

両足とも充分にしゃぶらせてから、香緒里が足を引っ込める。頬が紅潮し、呼吸がせわしなくはずんでいた。

(……気持ちよかったのかな?)

こちらも昂奮しすぎたようだ。頭がぼんやりする。

「あんた、マジで変態だね。くっさい足を舐めて、チンチンを勃たせるなんて」

侮蔑の眼差しでなじられて、恭司は眉をひそめた。くさいなんて少しも思わなかったからだ。

「ひょっとして、もっとあちこち舐めたいんじゃないの? おまんことか、おしりの穴とか」

この問いかけに、反射的に目を輝かせてしまったようだ。香緒里が「ふん」と鼻息を荒くし、忌ま忌ましげに睨んできた。

「そこに寝なさいよ」

言われて、即座に従う。胸を昂ぶりでふくらませて。さっきまでの彼女に対する反感は、綺麗さっぱり消えていた。

「なによ、そんなギンギンにしちゃって……」

いきり立つ若茎をチラ見して、美少女がわずかにたじろぐ。匂っていると彼女自身もわかっていた足指を舐められ、ペースを乱されたようだ。

今度はパンティを脱いで跨がってくるのだろうと、恭司は期待していた。いよいよ女性のアソコを見られるのだと。

ところが、わずかに迷う素振りを見せた香緒里が、何かを思いついたらしく「ちょっと待ってなさい」と命じる。裸足のまま黒板のほうに行くと、教具棚からセロハンテープを持ってきた。

「目をつぶりなさい」

戸惑いつつも従うと、瞼の上からそれを貼られる。

「おまんこが見られると思ったの？　残念でした。あんたなんかに、あたしの大事なところを見せるわけないでしょ」

憎々しげに言われ、恭司は落胆した。それでも、異性の秘められたところに口をつけられるのならと、そのときを心して待つ。

しかし、彼女はなかなか跨がってこなかった。

（まさか、どこかに行ったんじゃないだろうな？）

勃起をあらわにさせたまま、そっと姿を消したのだとか。いや、先生を呼びに行ったのかもしれない。

こんなところを見られたら、入学して二日目で退学になってしまう。焦って起きあがろうとしたところで、

「じゃ、じゃあ、ちゃんと舐めるのよ」

香緒里の声が聞こえて安堵する。どうやら迷っていただけだったらしい。

あるいは、急に恥ずかしくなったのかもしれない。だが、自分から言い出した手前、引っ込みがつかなくなったのだろう。

（……いや、そんなわけないか）

自分からパンティを見せ、男の顔に跨がることまでしたのである。どうして今さら恥ずかしがることがあろうか。

そんなことを考えているあいだに、何かが接近する気配があった。ぬるい空気が顔の近くでふわっと舞う。

そして、口許に湿ったものが押しつけられた。

（ああ、これが――）

恭司は反射的に舌を出していた。濡れた窪みに差し入れれば、「はうぅ」と切なげな声があがる。

「や、やん……ホントに舐めるの!?」

今さらそんなことを言う。大胆なようで、恥じらいがないわけではないらしい。

舌に絡みつくのは、ほんのりしょっぱみのある粘っこい蜜汁だ。女性が昂奮したときに滲み出させる、愛液と呼ばれるものなのだろうか。

(じゃあ、昂奮してたってこと?)

牡の欲棒を弄びながら、密かに秘部を濡らしていたというのか。

からだの底から激しい劣情がこみ上げる。恭司は少しも遠慮することなく、舌を律動させた。

「ああ、あ、いやぁああ」

艶めいた声が聞こえ、口に当たる陰部が収縮するのがわかった。

顔にヒップは当たっていない。鼻に秘毛が当たる感じからしても、彼女はさっきと逆向きで跨がっているようだ。もしかしたら、自身がねぶられるところを覗き込めるようにと。

(ええと、これが小陰唇……)

保健の教科書に載っていた略図を思い浮かべ、形状を舌先で辿る。それが結果的に悦びを与えたらしく、美少女は「あ、あん」と甲高い嬌声をあげつづけた。

不思議なことに、直に口をつけているのに、パンティ越しに嗅いだものほど恥臭は強くない。あれはクロッチに染み込んで熟成されたものだったのか。

ただ、磯くさいようなアンモニア臭は、今のほうが強い。恥割れや秘毛に、オシッコの拭き残しがあったようだ。

もちろんそれに嫌悪を覚えることはなく、恭司は喜々として舌を躍らせた。知識を頼りに女性の最も感じる部分――クリトリスがあるはずのところを探れば、若腰がビクンとわななないたのがわかった。

「あああ、そこぉ」

お気に入りの場所であることを自ら吐露し、もっと舐めてほしそうに陰部の位置を調節する。狙いははずれていなかったようだ。

（ひょっとして、彼女もオナニーをしてるんだろうか）

感じるところがちゃんとわかるのは、自分でそこをいじっているからではないのか。もっとも、すでにセックスの経験があるようだから、男の愛撫で開発されたのかもしれない。

敏感な肉芽は亀頭と同じく、包皮に隠れているという。だったら剝いてあげようと、舌先でしつこく刺激すると、香緒里はいっそう乱れだした。

「ああ、あ、か――感じすぎちゃううぅう」

得ている歓喜を口走り、「う、ううッ……」と嗚咽をこぼす。完全に我を忘れていた。

何やらボロボロした舌触りを恭司は感じた。包皮の内側に溜まっていたカスが剝がれ落ちたようだ。

(じゃあ、これは恥垢だな)

間違いないと、丹念にねぶり取る。

女の子のくせにそんなものをくっつけているなんてと思ったら、背すじが震えるほどに昂ぶった。唾液に溶かして呑み込めば、気のせいか口の中にチーズの風味が広がる。

「あふ、う、ううう、も、もぉ」

いよいよ高まってきたらしい香緒里が、腰を前にずらす。このまま主導権を奪われてなるものかと思ったのではないか。

「ほ、ほら、こっちも舐めなさいよ」

唾液の匂いが生々しく香る恥芯が、鼻に当たる。舌が触れているのは、キュッと閉じた小さなツボミだ。

予告どおりにアヌスを舐めさせるつもりなのだと、恭司はすぐに悟った。

もちろん躊躇することはない。むしろ、舐める前に匂いを嗅げないのが残念だと思った。

(きっとウンチの匂いが残ってるに違いないぞ)

それを嗅がれたくなかったから、跨がる向きを変えたのか。ともあれ、お望みのままにと秘肛を舐めれば、そこはほんのりしょっぱかった。

「あ、あ、ホントに舐めてるぅ」

声を詰まらせ気味に嘆いた少女が、尻の谷を忙しくすぼめる。アヌスも呼応して、括約筋をキュッキュッと収縮させた。

最初はくすぐったそうに腰を揺らした香緒里であったが、そのうちおとなしくなった。舐められすぎて感覚が麻痺したのかと思えば、鼻に温かな蜜がとろとろと滴っている。

(感じてるのか⁉)

排泄口をねぶられて、快感を得ているというのか。息づかいもやるせなさげにはずんでいるようである。

意外な反応に、恭司は驚いた。そこが性感帯だなんて知らなかったのだ。

最初はぴったり閉じていた秘肛も、柔らかくほぐれてきたよう。舌先を突き立てると、括約筋がキツくすぼまった。

「ば、バカ、何やってるのよ⁉」

焦りを含んだ声をスルーして、さらに中心をしつこく攻撃する。と、そこがプクッとふくらんだようだった。程なく、
プッ——。

小さなラッパ音と共に、舌に温かな空気が当たる。肛門を刺激され、オナラを洩ら

したのだ。

途端に、香緒里ははじかれたように腰を浮かせた。

「ったく、いつまで舐めてるのよ！」

荒々しく怒鳴りつける。粗相をしたことを誤魔化したのだ。

だが、顔のあたりには親しみのある発酵臭が漂っていた。何より、温かな風の感触が、舌にはっきりと残っている。

昨夜も、義姉の放屁に昂奮させられた。今も恭司は、美少女の恥ずかしい失敗に胸を激しく高鳴らせた。

股間ではペニスが雄々しく脈打ち、歓喜の先走りをこぼす。それが下腹とのあいだに何本も糸を引いているのが、見なくてもわかった。

「な、何よ、チンチンをギンギンにしちゃって」

若茎の勢いに恐れをなしたのか、彼女の声はいくぶん震えていた。しかし、次の瞬間、再び柔らかな重みが顔面にのしかかる。

「ンぷっ」

恭司は反射的に抗った。けれど、尻の谷にもぐり込んだ鼻が放屁の残り香を嗅いだことで、うっとりしてからだを波打たせる。

ナマ尻のなめらかさと、ぷりぷりした弾力もたまらない。力を限界以上に漲らせた肉根が、前触れの粘液を噴きこぼした。

「オナニーしなさい」

香緒里の命令が飛ぶ。恭司はためらいもせず分身を握った。

「むう」

体幹を切ない悦びが貫く。一度多量にほとばしらせたあとだが、おそらく時間をかけずとも昇りつめるだろう。そうに違いないという予感があった。

「いい？ 自分ばっかり気持ちよくなっちゃダメよ。あたしのおまんこもペロペロして、ちゃんと感じさせてくれなくっちゃ——」

彼女の言葉が終わらないうちに、恭司は舌を出していた。恥唇にたっぷりと溜まった蜜を絡め取り、ぢゅぢゅッとすする。

「あはぁッ！」

香緒里が甲高い声をほとばしらせた。

夢中になって舌を躍らせ、強ばりをしごく。その間に、顔のセロハンテープが剝がれてきたようだ。これなら見えるかもと瞼を持ちあげれば、薄目程度に視界が開けた。

目の前に、丸々としたおしりがあった。

（ああ、すごい）

舌づかいに呼応して、いやらしくくねっている。ピンク色で産毛の光るそれは、まさに桃尻だ。

「はああっ、き、気持ちいいッ」

もはや吹っ切れたか、少女はあられもなくよがった。

美紗子の熟れた丸みと比較すれば、それほど大きいわけではない。だが、ほんの三センチと離れていないところにあるのだ。その迫力はかなりのものだった。

本当に見たいのは秘められた部分である。しかしながら、そこは口許に密着していた。どれだけ目の玉を下に向けても、せいぜい臀裂の谷間の、ほんのり色素が沈着したところまでしか見えなかった。

（ああ、もう……）

焦れながらも舌を律動させ、己の分身をこする。もどかしさと同時に性感も高まり、頂上が迫ってきた。

そのとき、

「あふんッ！」

鋭い喘ぎ声を発した香緒里が、下半身をガクンとはずませる。尻の筋肉を痙攣させ、

「ふはぁ」と大きく息をついた。

（え、イッたのか？）

判然とせぬまま舌を動かし続けていると、そこから逃れるようにヒップが前にずれ

た。そして、彼女がわずかに身を屈めたのである。

尻の谷が開く。谷底に、可憐なすぼまりが見えた。

（あ――）

美少女のアヌスを目撃するなり、愉悦の震えが全身を包み込む。あとは欲望に従ってペニスをしごきまくれば、十秒と経たずにオルガスムスが襲来した。

「あああああ、い、いく」

呻くように告げるなり、牡のエキスを勢いよく噴きあげる。

「キャッ」

香緒里が悲鳴をあげる。舞いあがったザーメンが顔にかかったのではないか。

白濁液が綺麗な顔を汚す場面を想像したことで、さらなる歓喜を呼び込む。恭司は腰を跳ね躍らせながら、ありったけの精をほとばしらせた。

（ああ、すごい……）

魂まで抜けてしまいそうな射精に、恐怖すら覚える。

最後の雫がトクンと溢れたところで、少女は恭司から離れた。慌てて目で追ったもののの、すぐに立ちあがったから、秘められたところを見ることはできなかった。

「何やってるのよ、もう」

苛立ちをあらわにした叱声に続き、瞼のセロハンテープが容赦なく剝がされる。糊の利いていた部分が皮膚を刺激し、ピリッと痛みが走った。

見あげると、香緒里が憎々しげに見おろしていた。

「汚いのをあたしにかけるんじゃないわよ、バカっ！」

彼女の頰に、精液の飛沫がかかっている。それがやけに痛々しく、そしてエロチックに感じられたものだから、恭司は思わず目を見開いた。

しかし、次の瞬間脇腹を思い切り蹴られて、息ができなくなる。

「ううう」

恭司は半萎えのペニスを晒したまま、みっともなくのたうちまわった。

「あんたがおまんこを舐めながらオナニーしてるところ、きっちりムービーで撮ったからね」

痛みと苦しさに身悶えつつ、涙目で振り仰げば、美少女がスマホを手に悪辣な笑みを浮かべていた。

「あんたはもう、あたしに逆らえないの。これからあたしの奴隷になるのよ」

勝ち誇った宣告に、けれど不思議と悲観的になることはなかった。それどころか、恭司は淫靡な期待に胸をはずませていたのである。

第三章　女教師の手ほどき

1

　四月も残すところ数日となった。

「学校のほうはどう？」

　夕食の時間、美紗子から話しかけられ、恭司は肩をビクッと震わせた。

「う、うん。順調だよ」

　笑顔で答えたつもりだったが、頬が多少強ばっていたかもしれない。

「だったらいいんだけど、なんだか疲れてるみたいだから」

　心配そうな顔を向けられ、胸が痛む。しかし、義姉に余計な気遣いをさせるわけにはいかなかった。

「まだ完全に慣れたわけじゃないから、それは仕方ないよ。さすがに名門校だけあって、授業の進み方も早いし。今はついていくのがやっとって感じかな」

「そう。やっぱり大変なのね」

やけに実感のこもった相槌に、恭司は首をかしげた。

「え、やっぱりって？」

「一年生の子が、保健室に相談に来るの。このままだといずれ置いていかれるかもしれないから不安だって」

「ふうん」

「スクールカウンセラーの先生も、一年生の相談がいちばん多いって言ってたわ。ただ、今の時季は、毎年そうみたい。高校生活に慣れていないせいもあるから、余計に不安が増すんでしょうね。そういう相談が、四月いっぱいは続くみたいよ」

「へえ、そうなんだ」

「それで、五月になれば、今度は五月病っぽい子たちも出てくるから、年度の初めは健康相談よりも、心の相談のほうが多いの。前の学校でもそうだったけど」

なるほどとうなずいたものの、そんな理由ばかりではないかもしれないと、恭司はふと思った。

「だけど、特に不安でもないのに、保健室に行く生徒もいるんじゃないの？」

「え、どうして？」

「単に義姉さんと話がしたくてさ。義姉さんは美人だし優しいから、男子なんか口説きたがるんじゃないかな」

「口説くって――」

美紗子が眉間にシワを刻み、あきれたふうにかぶりを振る。

「そこまでする子はいないわよ。まあ、たしかに、用もないのに顔を出す生徒はいるけど、それは男子よりも女子に多いの」

「え、そうなの？」

「女の子はおしゃべり好きだもの。担任や教科の先生には話せないことでも、わたしには気安く打ち明けられるのね。ただ、普通のおしゃべりに見せかけて、何気なく相談したいことを口にする生徒もいるから、しっかり聞いてあげなくちゃいけないの」

「ふうん。大変なんだね」

「大変ってほどのことでもないわ。それに、御津園高校は真面目な生徒が多いから、そうたびたび保健室に来る子はいないもの。まあ、わたしが来たばかりだから、様子を窺っているのかもしれないけど」

それから、彼女は義弟を軽く睨んだ。

「まして、口説くなんて生徒はいないわよ」

恭司は「あ、ごめん」と素直に謝った。

「だけど、入学式のとき、義姉さんを綺麗だって言ってた男子がけっこういたよ」

「年上の女性に惹かれる年頃だもの。でも、どうせそのうち若い子がよくなって、同級生や下級生の女子と付き合うようになるのよ。男なんて、みんなそうなんだから」

どこかふて腐れたふうな口調に、恭司は吹き出しそうになった。

「義姉さんだって、まだまだ若いじゃないか」

「若いったって、恭司君たちと一回りも違うのよ。完全にオバサンだわ」

「そんなことないって」

「そんなことあるの」

「いや、でも――」

ムキになって反論しかけたものの、そんなことをしたら秘めている想いまで口走ってしまうかもしれない。恭司は口をつぐみ、熱くなりかけた感情を冷ました。

すると、今度は美紗子が怪訝な表情を見せる。

「え、どうしてやめちゃったの？」

「だって、義姉さんが頑《かたく》なだから」

「えー、面白くないなあ。もっとおだててくれればいいのに」

不満げに嘆かれ、苦笑する。

「我《わ》が儘《まま》だよ、義姉さんは」

「いいじゃない。女なんて我が儘な生き物なんだから」

今度は開き直り、頬をふくらませる。恭司は可笑しくてたまらなかった。

こういう気の置けないやりとりができることが、たまらなく嬉しい。おそらく他の場所では見せることのない有りのままの姿を、彼女は見せてくれる。それだけ親密であることの証しだ。ふたりのあいだに、何ら遮るものはなかった。

但しそれは、あくまでも兄嫁と義弟という間柄でのこと。それ以上の関係になることを欲しても、叶うはずがないとわかっている。

なぜなら、彼女はまだ亡き夫を愛しているのだから。

厳しい受験を乗り越え、心に余裕を持って義姉とふたりっきりの生活を送るようになってから、恭司はどんどん美紗子に惹かれていった。性的な欲望を抱くことは以前からあったけれど、今はそれ以上に、ひとりの女性として見つめることが多い。

それは間違いなく、恋愛感情であった。

(義姉さん以上に綺麗で、優しくて、魅力的な女性は他にいないもの)

好きにならないほうがどうかしている。年の差なんて関係ない。決して振り向いてもらえないとわかっていても、この感情を消すことは不可能だ。

美紗子が無防備な姿を見せたのは、入学式の前日の一度きりである。その後は肌を晒すことも、汚れた下着を目につくところに残すこともなかった。

落胆していないと言えば嘘になる。けれど、これでいいんだと、恭司は自らに言い聞かせた。

義姉は自分を信頼してくれている。その期待に応えなければならない。もう二度と、彼女を穢してはならないのだ。

いずれは家族から、男と女の親しい関係になれるのだろうか。そんな日が来るのかどうかなんてわからないけれど、今はこうしてふたりっきりでいられることを、せめてもの慰めにするしかない。

そんなことを考えながら見つめていると、美紗子が戸惑ったふうに目を泳がせた。

「え、な、なに？」

「あ——ううん、べつに」

恭司は慌ててご飯を口に運んだ。

「だけど、恭司君も学校で困ったこととか悩みがあったら、遠慮しないでわたしに言ってね。もしものときには、保健室に来てくれてもいいんだから」

「うん……ありがとう。だけど、僕はだいじょうぶだよ」

「だったらいいんだけど。あ、クラスで友達とかできた？」

「友達っていうか、まあ、誰とでも普通にしゃべってるよ。特に仲がいいっていう子はまだいないけど、知り合って二週間ぐらいだし、そのうち親しい友達もできると思うよ」

「そう。あ、そう言えば、副委員長になったって言ってたじゃない」

「うん」

「委員長の子とは、うまくいってるの？」

この問いかけに、恭司の心臓は不穏な高鳴りを示した。けれど、それを包み隠して何食わぬ顔をする。

「まあ、普通だと思うけど。どうして？」

「だって、その子に推薦されて副委員長になったんでしょ？　知ってる子でもなかったのに。だから、ちょっと気になって」

「え、何が？」

「恭司君は優しいから、頼まれたら何でも引き受けちゃうところがあるじゃない」

無理難題を押しつけられているのではないかと、心配しているらしい。もちろん、本当のことを打ち明けるなんてできない。

「ああ……でも、このあいだ聞いたら、副委員長に指名したのは、教室で最初に坐ったとき、僕が隣にいたからだって言ってたよ」

「え、そんな理由で!?」

「要は誰でもよかったみたい。本人はリーダーシップがすごくあるし、立候補するだけあって適任だと思うから、副委員長なんて単なる助手か、飾りぐらいに考えてるんじゃないのかな」

「そうなの……」

「このあいだ、一年生の正副委員長会議があったときも、率先して意見を述べてたし、自分から学年委員長にもなったんだ。とにかく、何でもできる子だから、僕は言われたことをやるだけだよ。まあ、そのほうが楽でいいけどね」

「ふうん」

美紗子はうなずいたものの、どこか半信半疑という面持ちだ。もっとも、そんなふうに感じるのは、こちらに後ろめたいことがあるせいかもしれない。

(何か気づいてるわけじゃないよね……)

同じ学校にいることもあり、ひょっとしたらと思わずにいられない。

香緒里が何でもできるというのは本当である。委員長として必要な素養を、すべて兼ね備えた少女だ。リーダーシップも抜群で、彼女がひとたび口を開けば、クラス中が静まり返って耳を傾けるぐらいなのだから。

とは言え、隠された素顔があるのも、また事実である。そして、それを知る唯一のクラスメートが、恭司なのだ。

「まあ、そういうことなら安心だけど」

ようやく安堵の表情を見せた美紗子に、恭司は胸を撫で下ろした。あのことは、絶対に知られてはならないからだ。

そのとき、ふと思う。

(僕が義姉さんをこんなに好きになったのは、あいつにいろいろされてる反動もあるんだろうか)

何しろ佐藤香緒里は、優しくて女らしい義姉と、丸っきり対極に位置する少女なのだから。

2

翌日の放課後、恭司はクラスの用事で教室に残っていた。もちろん、委員長の香緒里もいっしょに。

だが、教室にふたりっきりだったわけではない。他に二名の少女がいた。

「あ、すごーい。もうボッキしちゃった」

はしゃいだ声をあげたのは、隣の六組の生徒である南《みなみ》朋香《ともか》だ。

身長が百四十センチほどしかない上に、高校生ではなく中学生になったばかりと言われてもやむなしという童顔の彼女は、好奇心がかなり旺盛だ。今も牡の猛りを目の前にして、少しも怯えた様子がない。恭司は顔を見ることはできないが、くりくりした目をさらに見開いているのだろう。

「当たり前じゃない。わたしのおまんこの匂いを嗅いでるんだもの」

恥じらいもせず卑猥なことを言い放ったのは、一年二組の桑埜麻美《くわのあさみ》。大人びた風貌で長身の彼女は、下半身まる出しで仰向けになった恭司に顔面騎乗をして、パンティの股間をぐいぐいとこすりつけていた。

ぬるくしたヨーグルトに、魚介の薫製《くんせい》を混ぜ込んだような、いささかケモノじみた匂い。穿いているのは純白の、真面目な女子高生に相応しいパンティでも、そこに染み込んでいるのは牡を発情させる淫らな秘臭であった。

三人は同じ中学出身とのこと。やりとりから察するに、朋香と麻美が香緒里の取り巻きだったようだ。

入学式の翌日、香緒里に辱められてからというもの、平日はほぼ毎日に近いペースで、恭司は彼女に弄ばれてきた。もちろん性的に。

自己紹介ではテニス部に入りたいなどと述べていたが、どうやら真面目にスポーツに打ち込むよりも、こっちの方が面白くなったらしい。部活動は自由参加だから、結局入部しなかったようだ。

ともあれ、弄ばれる場所は最初と同じく、放課後の教室がほとんどだった。また、昼休みに、あまりひとの来ない棟の女子トイレに連れ込まれたこともある。さらに、暇だからと休みの日に公園へ呼び出され、他にひとがいるところの物陰でペニスをしごかれたことも。

毎回必ず射精させられるわけではない。寸前で突き放され、美少女の愉快そうな笑みに屈辱の涙を滲ませたこともあった。

だが、ふたりでは目新しいこともそうなく、程なくマンネリに陥る。それは香緒里も感じていたようで、前回から新たにふたりの少女が加わったのだ。

そして、恭司は彼女たちから、オモチャにされている。

代わる代わる顔面騎乗をされ、パンティ越しに秘部のなまめかしい匂いを嗅がされる。そうなれば勃起は避けられない。ふくらみきったペニスを、柔らかな手指でしごかれることになる。オナニーも命じられた。

やっていることは、最初とほとんど変わらない。だが、仲間が増えたことで愉しさが倍増したようである。いじめが集団化し、エスカレートするのと同じだ。

そう遠くないうちに、さらに酷いことをされるのではないか。恭司は密かに恐れていた。そうなる前に、何とかしなければと焦りも覚える。

だからと言って、逃げることはできない。彼女たちはネット経由で、恭司の恥ずかしい画像や動画をやりとりしていた。逆らったら仲間内の掲示板にアップするとか、いっそ流出させるなどと脅されている。そうなったら身の破滅だ。

一方で、さすがにそこまではできないだろうと思うところもある。なぜなら、動画には香緒里の声や、からだの一部も映り込んでいるからだ。

仮に編集して消したとしても、辱められているのが恭司だとわかれば、誰がこんなことをしたのかと犯人捜しが始まる。優等生のはずの委員長の仕業だと発覚するのは、時間の問題だ。

自らが非難される恐れがあることを、彼女がするとは思えない。頭がいいだけに、リスクも承知しているはずなのだ。

ただ、恭司が弱みを握られているのは間違いない。今はこうして恥辱に甘んじるしかなかった。いずれ飽きてくれることを願いながら。

とは言え、辱めと同時に快感を与えられていることも、また事実である。少女たちが恥ずかしげもなく見せる下着や、それに染み込んだ女らしく成長する前の生々しいフレグランスにも、激しく昂奮させられた。

それゆえに、恭司は心から嫌がっていたわけではない。恥ずかしいのは確かだけれど、開き直って性処理をしてもらっているのだと思うことにした。好きにすればいいさと、逆に彼女たちを下に見ることで、精神の均衡を保っていたのである。

ただ、美紗子のことを考えると、さすがに胸が痛んだ。こんなことを知って、誰よりも悲しむに違いないのは、優しい義姉なのだから。

（義姉さんは、僕が高校でも一所懸命勉強してるって、信じてるんだよな）

もちろん勉学を疎かにはしていない。こんな状況に甘んじて落ちこぼれてはならないと、予習復習を毎日きちんとしていた。

それでも、弄ばれる屈辱に加え、愛しいひとを裏切っているという罪悪感を払拭することはできない。

『恭司くんはみんなの期待を背負っているの……これからもしっかりやらなくちゃ駄目なのよ——』

入学式の前日に言われた言葉が蘇る。美紗子は、真面目で素直な義弟を誇らしく感じているはずなのだ。彼女の顔を脳裏に思い浮かべると、情けなくて涙がこぼれそうになる。

（ごめん、義姉さん）

今は心の中で謝ることしかできない。届くはずもないのだけれど。

そんな少年の心中など推し量ることなく、少女たちはひたすら愉しみを追求するだけであった。

「ねえ、今日はどうやってシャセイさせるの？」

わくわくした口調で訊ねたのは、好奇心旺盛な朋香だ。最初に恭司の勃起を目にしたときもためらうことなく握り、その硬さに感嘆したのである。そして、精液がほとばしる瞬間がいたく気に入ったらしく、何度も見たがった。

「手でシコシコするだけじゃ、面白くないわよね」

そう言って、麻美が腰を浮かせる。わずかに黄ばんだクロッチの中心に、いびつなかたちの濡れジミができているのがチラッと見えた。

(ひょっとして、感じてたのかな?)

思ったものの、口には出せない。ようやく呼吸が楽になった恭司は、胸を大きく上下させるばかりだった。

「ていうか、もっと感じさせればいいんじゃない?」

そばの椅子に腰かけ、様子を見守っていた香緒里が、おもむろに口を開く。瞳があやしく輝いているのは、何か企みを思いついたからではないのか。

「感じさせるって、オチンチンを?」

朋香が小首をかしげる。

「そこだけじゃつまらないわ。他にも感じるところがあるんじゃないかしら。乳首とか脇腹とか」

「なるほど、性感帯を見つけてあげるわけね」

麻美が納得顔でうなずく。彼女は二組の副委員長で、頭もかなりいいはずだ。それなのに、こんなことに荷担するなんて、とても信じられない。

(ひょっとして、このふたりも佐藤から弱みを握られているのかも?)

恭司にはそうとしか思えなかった。

「オッケー、了解」

お茶目に敬礼をした朋香が、恭司の上着を脱がせにかかる。新しい試みに、目を輝かせて。

(こんなところで素っ裸にさせられるのか!?)

さすがにまずいのではないかと思えてくる。だが、すでに下半身を晒し、ペニスを勃起させているのだ。これ以上肌を晒したところで、大した違いはない。

いや、いっそ先生に見つかればいいとも、恭司は考えていた。この現場を目撃されたら、こちらが被害者であるとすぐにわかってもらえるはず。こうなった経緯を問い詰められた場合、まったく恥をかかないわけにはいかないだろうが、そのぐらいは我慢しなければなるまい。

しかし、そうなれば同じ学校にいる美紗子にも知られてしまう。それだけは何としても避けたい。

あれこれ考えるあいだにも、制服の上着とワイシャツがはだけられ、中のシャツもめくりあげられる。男には不要の器官である乳首があらわになった。

「あは、可愛い。ピンク色だぁ」

はしゃいだ声をあげた朋香が、小さな突起を指先でクリクリと転がす。途端に、くすぐったいような快さが胸元から股間を駆け抜けた。

「ううッ」

思わず呻いてしまう。

「あ、感じてるみたい」

童顔の少女が驚きを浮かべる。麻美も感心した面持ちでうなずいた。

「ふうん。男も乳首が感じるんだね」

男も、ということは、女もということになる。聞いた話ではなく、自分でもわかっているという口ぶりだ。

（じゃあ、乳首をいじって感じたことがあるのか？）

あるいは、男に吸われたか。

前回、恭司の屹立を目の当たりにしたとき、朋香は『ふえぇー、初めて見た』と、驚きの声を発した。幼い言動も含めて、間違いなく処女であろう。

けれど、麻美は落ち着いたもので、なるほどという表情を浮かべただけであった。

おそらく香緒里と同じようにセックスを経験しているのだ。

そんなふたりが学級委員などしてもいいのかと、義憤にかられる。非処女にはその資格がないなんて規定はなくても、少なくともクラスの代表として相応しいとは思えない。

ただ、この場ではバージンの朋香のほうが、他のふたりよりも積極的であった。

「あ、乳首が硬くなってきた。クリクリしてる。ちょっと大きくなったかも」

最初は一方を責めていたのが、両手を動員してふたつを同時に愛撫する。悦びも倍加し、恭司は腰をよじって喘いだ。

(乳首がこんなに感じるなんて……)

自分でいじったことなどなかったから、初めて知ったのも当然だ。いや、自分で触れても、ここまで感じない気がする。女の子の柔らかな指で刺激されているからこそ、背徳的な気分も相まってゾクゾクするのではないか。

「吸ってあげたら?」

麻美の提案に、朋香が「うん」と即答する。少年の胸に顔を伏せ、やや赤らんだ突起をチュッと吸った。

「あふッ」

狂おしい悦びが駆け抜けて、恭司は腰をガクンと跳ねあげた。

「ふふ、感じてる、感じてる」

歌うように言って、童顔少女が舌をペロペロと動かす。無邪気な舐めかたでも快感が高まり、目の奥に火花が散った。

「じゃあ、こっちはわたしがしてあげるわ」

麻美がもう一方に口をつける。ねっとりした舌づかいで、乳暈全体を一度にねぶった。それもまた、身をよじらずにいられない悦びを与えてくれた。

（ああ、どうなるんだよ……）

乳首を強く吸われるたびに、腰がガクンと跳ねる。左右から胸元にうずくまる少女たちの髪が、シャンプーの甘い香りを漂わせるのにも幻惑されそうだ。

ペニスがはち切れそうにいきり立っているのがわかる。ふたりの頭に遮られて見ることはできないが、このままでは破裂するのではないかと思われた。そのとき、

「うわ、オチンチンがすごいことになってるよ」

香緒里が声をあげる。椅子から立ちあがり、恭司の脚のあいだに膝をついた。

そして、柔らかな指が脈打ち続ける分身に巻きつく。

「くはッ」

鋭い快美が走り抜け、頭の中に霞がかかった。乳首舐めで高まっていたせいか、握られただけでひどく感じてしまったのだ。

「すごいね。鉄みたいに硬いよ」

「え、ホントに？」

朋香が顔をあげ、牡の股間に手をのばす。香緒里と交代して握るなり、「ホントだぁ」と素っ頓狂な声をあげた。

「ここ、血管の浮いたところが、ガチガチになってるね。それに、アタマのところも

こんなに腫れてる」

「へえ、どれどれ？」

麻美も興味を示したらしく、上半身を起こした。それで恭司も、自身のシンボルを見ることができた。

（うわ、何だよ……）

この短時間で、一気に成長したかのよう。長さも太さも増している。少女の可憐な手で握られているから、より猛々しく感じられる部分もあったろうが。

「麻美ちゃんもさわってみる？」

「うん。貸して」

ピンとそそり立った漲りを受け取ると、麻美が「へえ」と感心した面持ちでうなずいた。朋香ほどの反応は見せないけれど、彼女なりに充分驚いているのだろう。

「だけど、こんなのが本当におまんこの中に入るのかしら？」

麻美が口にした疑問に、恭司は（え？）となった。

「ねえ、不思議だよね」

朋香がそう言うのはわかる。しかし、

「ねえ、香緒里ちゃんはどう思う？」

話を振られたリーダー格の少女が、ふくれっ面を見せた。

「あたしにわかるわけないじゃない」

と、ぶっきらぼうに答えたのには、驚かずにいられなかった。

(じゃあ、三人ともバージンなのか!?)

同い年の少年を好き放題に弄びながら、未だ男を知らなかったというのか。

もっとも、よくよく考えれば、べつに不思議ではないのかもしれない。性的な情報など、ネットを中心に溢れかえっている。以前は目にすることのできなかった卑猥な画像や動画も、パソコンがあれば簡単に手に入れられる。

彼女たちも勃起したペニスぐらい、すでにネットで見たことがあるのではないか。男がどうすれば歓ぶのかも、動画があれば学ぶのは簡単だ。

それに、処女だからこそ、ここまで大胆に振る舞えるとも言える。怖いもの知らずというか無謀というか、彼女たちは単純に面白がっているだけなのだ。だから男の顔を跨ぐこともできるのだろう。

そもそも経験があったら、今ごろ順番にペニスを迎え入れ、腰を振っているはず。男を弄ぶことに終始しているのは、それ以上のことをするのが怖いからではないか。

(佐藤がアソコを舐めさせたのも、最初だけだったものな)

しかも、テープで目を塞ぎ、見られないようにして。ただ、あれっきりで懲りたのは、オナラを洩らしたせいかもしれないが。

そのとき、香緒里が新たな提案をする。

「ねえ、本物のセックスって見たくない？」

これに、朋香が即座に「見たーい」と答えた。

「麻美はどう？」

「そりゃ見たいけど……でも、どうするの？　まさか、わたしたちの誰かが、この子とするってわけじゃないわよね？」

「そんなことしないわよ。バカバカしい。だいたい、どうして大事なバージンをこんなやつに――」

言いかけて、香緒里が咳払いをする。処女であることを自ら暴露し、恥ずかしくなったのか。

「だったらどうするの？」

麻美の問いに、香緒里は精一杯凄みのある笑みを浮かべた。

「方法なんて、いくらでもあるわよ」

いったい何を企んでいるのだろう。恭司は背すじが寒くなった。

（何かとんでもないことをやらかしそうだぞ）

取り返しのつかないことになる前に、誰かに相談すべきではないか。

（だけど、誰に？）

それが最も重要な点である。相手を間違えたら、事態がさらに悪化する場合だってあり得るのだから。

3

放課後、顧問を務める女子バスケットボール部の指導に向かうべく、笠井知夏は教務室を出た。

「笠井先生――」

廊下を五メートルも歩かないうちに、背後から呼びかけられる。振り返ると、担任する一年七組の生徒であった。

「あら、綿海君。なに?」

クラスの副委員長でもある綿海恭司。あまり活発ではなく、いかにも気が弱そうな少年だ。

(佐藤さんも、どうしてこの子を相棒にしたのかしら)

ふと疑問が頭に浮かぶ。最初は同じ中学なのかと思ったけれど、あとで調べたら違うとわかった。

まあ、彼はいかにも真面目そうで、仕事をきっちりするタイプである。そのあたりのことを、香緒里は見抜いたのかもしれない。

（それとも、気が弱そうだから指名を断らないと思ったとか）

とりあえず、ふたりともよくやっているので、特に心配していたわけではない。だが、今の恭司は、やけに深刻そうな面持ちである。あるいは、副委員長の任務が重荷になってきたのだろうか。

「あの……先生にご相談したいことがあるんですけど」

「わたしに？　いいわよ。それじゃ、相談室に行きましょうか」

「はい」

少年はうなずいたものの、少しも安心したふうではない。普通は相談にのってもらえるとわかっただけで、多少なりともホッとしてくれるものなのだが。

（それだけ深刻な悩みってことなのかしら……）

早急に解決してあげたほうがいい。彼を引っ立てるようにして、急いで相談室に向かう。

そこは畳敷きの、六畳の和室だった。

もともとあった相談室は、スクールカウンセラーが常駐するカウンセリングルームになっていた。そのため、かつて宿直室として使われていたところを、教師が生徒と面談する相談室にしたのである。

押入れがあるだけの簡素な部屋は、校舎の端にあるため、相談中の札を出しておけば邪魔されることはない。一対一で、生徒の話をじっくり聞くことができる。部屋の隅に積まれていた座布団を二枚取り、知夏は担任生徒と部屋の中央で向かい合った。

「それで、話っていうのは何?」

問いかけても、恭司は正座して俯いたままであった。なかなか顔をあげようとしない。話そうか話すまいか、ためらっているようである。

知夏は決して気が長いほうではない。体育会系の性《さが》か、はっきりしない人間を前にすると、焦れったくて怒りを覚えるぐらいである。

しかし、悩み相談に来た生徒に対し、早く話しなさいなんて急かすことはできない。カウンセリングの基本は話しやすい雰囲気を作ることだとわかっているから、とにかく待ち続けた。

ただ、表には出さずとも、苛立ちは募っていた。

(ひょっとして、いじめかしら?)

気が弱そうだから、いじめの標的になる可能性はある。ただ、入学して一カ月も経っていないのであり、他人のことにあれこれ口出しをする余裕など、生徒たちにはないと思うのだが。

そんなことを考えながら目の前の少年をじっと見つめていると、

「あの……」

ようやく弱々しい声が聞こえた。

「なに？」

焦れったく感じていたため、つい強い口調で反応してしまう。これに、ビクッと肩を震わせた恭司であったが、怖ず怖ずと話し出した。

「……えと、入学してすぐぐらいからなんですけど、僕、クラスの子にちょっかいを出されてるんです」

「それって、いじめってこと？」

「いじめっていうか……」

要領を得ない話し方に、自然と眉間にシワが寄る。

だが、知夏がイライラしていたのは、なかなか本題に入れないことだけが原因ではなかった。胸の内に、奇妙な疼きが芽生えだしていたからである。

(駄目よ、知夏……もう二度と過ちは犯せないんだから)

自らに言い聞かせ、落ち着くために深い呼吸を繰り返す。それから、努めて穏やかな口調で担任する生徒を促した。

「何があったのか、よかったら話してちょうだい。先生、悪いようにはしないから」

すると、恭司が顔をあげる。見開かれた目に涙が溜まっていたものだから、知夏はドキッとした。

「僕……女の子に悪戯されてるんです」

「え、女の子に!?」

その告白は、女教師に甘美な衝撃をもたらした。

「悪戯って、どんなことをされたの？」

つい前のめりになって質問してしまう。

「えと……ズボンもパンツも脱がされて、アソコをいじられたりとか。あと、僕の顔の上に、おしりをのせてきたり」

「おしりを——それって、スカートでってこと？ それとも、下着を見せて顔を跨いだの？」

「下着を見せてです……」

羞恥に目を伏せた少年の頬が、赤く染まっている。肩が小刻みに震えていた。

(何よ、それ……)

つまりこの子は、パンティに包まれた少女の柔らかなヒップで、顔を潰されたのだ。当然、生々しい秘臭も嗅がされたのだろう。

屈辱を与えられると同時に、激しく昂ぶったであろうことは想像に難くない。この年頃の少年が、内側に異性への大いなる関心と、ドロドロした欲望を抱いていることを、知夏は経験上知っていた。

「それで、綿海君はどうなったの？」

「……どうなったって？」

「女の子におしりをのせられて、どんな気分だったの？」

「そりゃ——嫌でした」

「それだけ？　他に何か感じなかった？」

恭司が黙りこくる。だが、固く結ばれた唇が、話しづらい事情を抱えていることを物語っていた。

ならばと、知夏は話題を変えた。

「さっき、女の子にアソコをいじられたって言ったけど、それでどうなったの？」

「……どうなったって？」

「気持ちよくなって、ペニスが大きくなったの？」

ストレートな質問に、少年が息を呑む。しかし、どうせ打ち明けねばならないことだと悟っていたか、観念したようにうなずいた。

「じゃあ、そのまま最後までいったの？」

「……え？」

「射精したの？」

これにも、彼は悔し涙を滲ませつつ首肯した。

(なんてことなの、まったく……)

知夏はあきれ返ると同時に、やり場のない苛立ちも覚えた。

この年頃の男の子が性への関心を高めるのと同じく、女の子も好奇心をふくらませるものだ。まして、ネットであらゆる情報が手に入る昨今、彼女たちが早熟になることは避けられない。

だからと言って、同級生の少年を弄んでいいはずがない。

(顔面騎乗をして、おまけにペニスをいじって射精させるなんて、何を考えているのよ!?)

とは言え、その憤りに幾ばくかの羨望があったことは否めない。高校時代の自分は勉強やスポーツに打ち込んで、そこまで自由に愉しめなかったのに。そして、今はさらに束縛されているのにと。

「じゃあ、その女の子は誰なの?」

問い詰める口調も険しくなる。しかし、恭司は「それは——」と言いかけたきり、口をつぐんだ。報復を恐れて明かせないのか。

(だけど、ウチのクラスにそんなことをしそうな子っているかしら?)

順番に顔を思い浮かべても、当てはまりそうな女生徒などいない。

恭司に最も近いといえば、委員長の佐藤香緒里だ。けれど、あの真面目でしっかりした優等生が、そんなことをするだろうか。まして、同級生の少年の顔に跨がるなんてことを。

そう考えると、すべて作り話ではないかと思えてくる。

(まさか、わたしの気を引くためにこんな話を？)

それは願望から来る懸念だったかもしれない。しかし、事が事だけに、慎重に真偽を見極める必要がある。

「その女の子っていうのは、同じクラスの子？」

「……ひとりは」

「え、ひとりって、何人もいるの!?」

「三人です」

「じゃあ、ひとりは同じ一年七組の子で、あとのふたりは違うクラスなのね？」

「はい……」

「みんな一年生？」

「そうです」

他のクラスの生徒もかかわっているのなら、担任するクラスの女子が引っ張り込まれてというのもあり得る。いかにも流されそうな主体性のない女生徒の顔が、何人か浮かんだ。

(だけど、本当にこの子が?)

その点がどうも引っかかる。気が弱そうなのは間違いないが、女の子に狙われるタイプには見えなかったのだ。

(女の子たちも性的な悪戯をするのなら、もうちょっと小柄で可愛い子を選ぶんじゃないかしら)

むしろ恭司は、同世代の女子から何とも思われないタイプに見える。年上からすれば、そういうところに母性本能がくすぐられるのだけど。

思考が妙な方に向いていることに気がついて、知夏はかぶりを振った。とにかく、まずは本当にそんなことがあったのかどうか、確かめなければならない。

「だけど、相手の名前を言えないんじゃ困るわね」

わざと突き放す態度をとると、恭司が不安を浮かべた。

「え、ど、どうしてですか?」

「だって、あなたが女の子からいやらしいことをされたって主張しているだけじゃ、何もできないわ。やめさせるにも、誰を指導すればいいのかわからないし。そもそも、本当にそんなことがあったのかって話にもなるのよ」

「僕、嘘なんかついてません」

「だから、嘘じゃないっていう証拠が必要なの。悪戯をした女の子たちの名前を言うか、どこでいつ、どんなことされたのか、もっと詳しく話すとか――」

皆まで言わないうちに、少年がすっくと立ちあがる。ひょっとして逃げ出すのかと思えば、いきなりズボンのベルトを弛めたものだから知夏は仰天した。

「ちょ、ちょっと、何してるのよ!?」

「だって、証拠が必要なんでしょ?」

涙声で訴えられ、何も言えなくなる。恭司はズボンの前を開くと、足首まで脱ぎおろした。

「え?」

てっきり、ペニスを出すのかと思ったのである。少女たちに悪戯されたところを見せるために。

ところが、ワイシャツをめくりあげた彼の、細腰に貼りついた下着を目にするなり、驚きで言葉を失う。淡いピンク地に白いハートが散りばめられたそれは、明らかに少女の穿くものだったからだ。

「これ、あの子たちに穿かされたんです。無理やり……」

恭司が悲痛な面持ちで訴える。だが、その声は知夏の耳を素通りしていた。

(こんなの……いやらしすぎるわ)

男が女の下着を穿くなんて、滑稽かつ醜悪以外の何ものでもないはず。ところが、大人になりきれていない少年が身に着けることで、それは中性的な魅力を醸し出していたのだ。股間のふくらみが、ひどくエロチックに感じられるほどに。

「……あの、先生？」

声をかけられ、知夏は我に返った。つい見とれてしまったようである。

「あ、ああ……だけど、これだけじゃ証拠にならないわ」

わざと冷たいことを言ったのは、胸の奥があやしくザワめいていたからだ。

「どうしてですか!?」

「だって、その下着が女の子のものだっていう証拠はないもの。綿海君が自分で買って、うれしがって穿いてるみたいな見方もできるのよ」

「僕は、そんな変態じゃありません」

「今のその格好自体が、すでに変態っぽいのよ。わかってる？」

「そんな……」

恭司はすっかり打ちのめされたふうである。今にも泣き出しそうに、顔を情けなく歪める。

それもまた、女教師の琴線をかき鳴らした。もっと悲しむ顔が見たくて、知夏は昂ぶっていたのだ。

「だったら、それを脱いで先生に見せなさい」

「え？」

「本当に女の子のものだったら、痕跡があるはずだもの。染みとか匂いとか。あなただって、顔におしりをのっけられたんだから、そのぐらいわかるでしょ？」

言うなり、少年が頬を染めて俯く。確かにそうだと納得した様子だ。

「ほら、早く」

促すと、恭司がパンティに手をかける。しかし、すぐに気がついて、回れ右をした。さすがに担任教師の前で、ペニスをあらわにすることはできなかったのだろう。

だが、ワイシャツの裾からわずかに覗くぷりっとした丸みを目撃し、知夏の胸は高鳴った。

（可愛いわ……）

恥ずかしいのだろう、可憐な薄物から急いで爪先を抜くところにも、ほほ笑ましさを感じる。

知夏は、彼の言い分を疑っていたわけではなかった。むしろ信じたからこそ、下着を脱がせたのである。

少女たちに悪戯された少年を、今度は自らが弄ぶために。

《――また同じ過ちを繰り返すつもりなの？》

内なる声が聞こえた気がする。しかし、あられもない姿の少年を目の前にして、理性がまともに働くはずがなかった。

4

知夏は前の学校で問題を起こした。担任でこそなかったものの、教え子の少年と性的な関係を持ったのだ。

もともとその傾向があったわけではないと思う。ただ、少なくともセックスの快感に目覚めてからは、彼女が胸をときめかされる異性は、十代半ばから成人前の、大人になりきれていない少年たちに限られた。それも、一般的な恋愛感情を持つのではなく、激しい欲望を彼らに抱いてしまうのだ。

もともと肉食系だったわけではない。異性との交際に関しては奥手で、初めて恋人ができたのは大学生のときだった。そして、初体験も卒業間近になってからようやく遂げたのである。

その恋人とは、就職して間もなく疎遠になった。同い年で、セックスをした回数は両手で足りないぐらいだ。大した思い出も、感情の盛りあがりもないまま関係が終わったことで、不満が残ったのは確かだろう。

そして、いざ高校教師として勤めだせば、日々ふれあう生徒たちは、それぞれに青

春を謳歌していた、
　男女交際など、ごく当たり前のこと。中には、セックスをスキンシップの延長ぐらいに捉えている者もいた。当時は若かったから、聞きたくもないそういう話を、女生徒たちから打ち明けられたのだ。

　そうなると、教師としてではなくひとりの女として、子供のくせに生意気なと感じてしまう。自分は同じ年頃のとき、部活でしごかれて遊ぶ暇などなかったのにと、悔しさを噛み締めた。

　あるいはそんな思いが、知夏の目を少年たちに向かわせたのか。何もできなかった青春時代を、やり直すつもりで。

　最初に生徒と関係を持ったのは、教師になって二年目の夏であった。顧問をしていた部に、何を思ったか三年生になって入部した男子がいた。しかも、運動能力が著しく低いにもかかわらず。

　勉強ばかりではからだがなまるし、受験には体力も必要だからというのが、その生徒の言い分だった。しかし、あとで顧問の女教師目当てであったことを、他ならぬ本人の告白で知らされた。

　彼はいたって真面目な生徒であり、付き合ってほしいと真剣な表情で訴えてきた。それはできないと言っても聞かず、だったら初めての女性になってほしいと、知夏に筆おろしをせがんだのだ。

本当に恋愛感情があったのか、それとも童貞を卒業できればよかったのか、今となってはわからない。ともあれ、異性から好きだと告白されたのは、最初に付き合った彼氏以来だった。しかも年下の男の子ということで、舞いあがっていたのは否めない。絶対に誰にも言わないよう念を押してから、からだを許したのである。

そのときは、さすがに罪悪感があった。バレたらクビになるとビクビクしていた。ところが、若さと欲望に任せた激しいピストンに、知夏は感じさせられた。恋人とのセックスでは、少なくとも抽送で気持ちよくなったことはなかったのに。初体験ということで、少年はあっ気なく昇りつめた。ところが、ペニスは硬いままで、そのまま続けて二回戦に突入したのだ。結局、抜かずの三発で、最後には知夏もオルガスムスに至った。

この出来事が、彼女の性的嗜好を決定づけたと言えるだろう。

その後も、知夏は何人もの少年と肉体関係を結んだ。もはや罪悪感など覚えることなく、積極的に快楽を貪った。

相手には困らなかった。何しろ、目の前にはやりたい盛りの性欲満タンな男の子が、いくらでもいたのだから。

自慢のGカップ巨乳を強調し、誘惑すれば間違いなく乗ってくる。気のある素振りを示すだけで彼らの目が爛々と輝き、股間をふくらませるのは見ていて愉しかった。

ただ、相手が誰でもよかったわけではない。面倒なことになっては困るから、後腐れなく済みそうな、いかにも童貞というおとなしそうな少年を選んだ。

彼らは初めての女体を前にすると、決まって緊張の面持ちを見せる。そのくせ、性器を開いてみせると、鼻息を荒くして屈み込んできた。

そして、ひとたびペニスを挿入すれば、懸命に腰を振る。

「先生、先生」

と、泣きそうな声をあげながら精をほとばしらせるのだ。そのときは、肉体の快感以上の満足と愉悦を覚えた。

早く果てても問題はない。すぐに復活するから、こちらが絶頂するまで奉仕してもらえる。なかなか勃たないときにはクンニリングスをさせ、敏感な肉芽を飽くことなく舐めさせた。

すでに女を知っている生徒は、相手にしなかった。彼らはいっぱしの大人になったつもりでいて、すぐに調子づくからだ。

そんなやつと関係を持てば、自慢話のタネにされるのは目に見えていた。それは身の破滅と同義である。旅先で少年を現地調達する場合であっても、逆ナンするのはおとなしいチェリーボーイに限られていた。

そうやって多くの教え子に手をつけても、注意深かったおかげで問題にならずに済んでいた。ところが、前任校でとうとう不適切な関係が発覚してしまった。

彼は、赴任してすぐに関係を持った生徒だった。真面目な少年だったが、真面目ゆえに本気になり、ストーカーじみた行動をとるようになった。そして、知夏が住んでいたアパートに放火したのである。

幸いにもボヤで済んだものの、その生徒はすぐに逮捕された。そして、調べに対して、住むところがなくなれば、先生が自分のところに来てくれると思ったと供述したのだ。

行き過ぎた関係があったことを、知夏は直ちに認めた。けれど、それは愛するゆえの過ちであったと、切々と訴えたのである。欲望本位で誘惑したことや、これまでしてきたことがバレないように。

相手の親も息子が放火した負い目からか、寛大な処分を望んだ。事件は当事者や関係者以外に知られることなく、その学校には二カ月勤務しただけで異動となった。生徒たちには、一身上の都合でと説明して。

そして、ちょうど産休に入る教師がいて空きのできた、ここ御津園高校に赴任したのである。それが二年前のことだ。

以来、生徒に手をつけることなく、真面目に勤めてきた。今度同じことをやらかして発覚したら、二度と教壇に立てなくなるとわかっていたからだ。

希望が叶い、今年から担任を持つこともできて、これからだとはりきっていた。しかし、女生徒に悪戯されたいたいけな少年を目の前にして、とうとう禁を破ってしまったのである。


「さ、貸しなさい」

恭司が怖ず怖ずと差し出したパンティを、知夏は何食わぬ顔で受け取った。裏返してクロッチを確認すれば、そこには明らかに少女の分泌物と思える痕跡がある。愛用しているものなのか、細かな毛玉も見て取れた。

（てことは、脱いだものをすぐこの子に穿かせたのね）

ぬくもりが残る脱ぎたての下着に、少年は屈辱を感じつつも、エロチックな気分が高まったのではないか。前の部分を確認すると、小さなリボンがついた真裏あたりに、別の液体が乾いた痕があった。きっとカウパー腺液だ。

（昂奮して、勃起したんだわ……）

その場面を想像するだけで、胸の奥が甘く疼《うず》く。心なしか秘部も湿ってきたよう。

「これ、いつ穿かされたの？」

「……昼休みです」

恭司は下半身を脱いだまま両手で股間を隠し、所在なさげに突っ立っている。担任教師が指示しないものだから、ズボンを穿けないのだ。そんな臆病なところが、ますます好ましい。

「じゃあ、あなたが穿いてた下着は、その子が穿いてるの？」

「それはわかりません。あとで捨てるようなことを言ってましたけど」

女の子なら、替えの下着ぐらい持っているはず。ノーパンで困ることはあるまい。

（じゃあ、綿海君は、これを二、三時間は穿いてたのね）

我慢できず、知夏はパンティを鼻に押し当てて匂いを嗅いだ。それも、少女ではなく少年の性器が当たっていたところを。

（ああ、これだわ……）

わずかに尿の成分を含んだ、蒸れた汗の香りがする。少年特有の青くささも感じられ、うっとりせずにいられない。

これを嗅ぐのは二年ぶりだ。あの放火した少年として以来、セックスもしていない。抑え込んできた欲求が、ここに来てからだ中から溢れるようだった。

じゅわり——。

秘唇から女の液体が滲み出す。思わず尻をもぞつかせてしまう。

それでも、内なる劣情を悟られぬよう、知夏は教師らしく振る舞った。

「たしかに女の子の匂いがするわね。染みもあるし、これなら信じられるわ」

恭司がホッとして表情を緩める。だが、そんな顔を見ると、また苛めたくなるのだ。

「ただ、あなたが女子の穿き替えたものを盗んだって解釈もできるけど」

「そんな……」

今度は一転、絶望の表情になる。背すじがゾクゾクした。

「冗談よ。ほら、坐りなさい」

促すと、彼は困惑を浮かべた。下半身を晒したままなのが居たたまれないのだろう。

それでも、担任の命令は拒めないようで、股間を手で隠したまま正座する。そういう従順なところがたまらなく可愛い。下腹部も疼いてくる。

「それで、綿海君はどうしたいの？」

「……どうしたいって？」

「このまま、女の子たちに悪戯され続けたいの？」

「そんなことありません。すぐにでもやめてもらいたいんです」

「だけど、その子たちの名前は明かせないんでしょ？」

問いかけに、少年が俯く。だが、今や知夏も、少女たちの名前などどうでもよくなっていた。目の前の少年に、すべての関心が移っていたからだ。

「そうなると、わたしにはどうすることもできないわ。その子たちには、綿海君が自分で対処しなくちゃね」

「……僕、どうすればいいんですか？」

「とにかく弱みを見せないこと。毅然とした態度をとって、もうそんなことをしないでほしいって、きっぱり告げるの。続けるようなら、先生に話すって言ってもいいわ」

それができれば苦労はしないはず。できないからこそ、彼はこうして相談に来ているのだ。

案の定、恭司は泣きそうな顔で唇を噛んだ。

「どうかしら。できそう？」

訊ねると、弱々しくかぶりを振る。涙の雫がひとつこぼれた。

「そう。困ったわねえ」

親身になっているフリを装いつつ、内心でほくそ笑む。少年がこちらのペースにはまり込んでいることが、手に取るようにわかった。

「結局のところ、綿海君がきちんと対処できないところに問題があると思うんだけど。どうして女の子たちにちゃんと言えないのか、わかる？」

「……いえ」

「その子たちにペニスをいじられて射精したってことだけど、普通に異性と交際した紅潮した。

「セックスの経験は？」

「いえ、ないです」

ことってあるの？」


ストレートな質問に、彼の頬が一瞬で紅潮した。

「あ、ありません」

「なるほどね」

知夏はわざとらしくうなずき、腕組みをした。前を開いたジャージの内側、Tシャツに包まれた巨乳のふくらみを目立たせるようにして。

「ようするに女に慣れていないから、オドオドするしかないの。まずはそこから克服するべきだと思うわ」

「克服……」

「綿海君が望むのなら、先生が協力してあげてもいいけど」

恭司が戸惑ったふうに眉根を寄せる。どういう意味なのか理解できていないようだ。

「とりあえず、ペニスを見せなさい」

下心を悟られぬよう、厳しい口調で命じると、細い肩がビクッと震える。

「ど、どうしてですか？」

「どんなふうにいじられてるのか、現物を見ないとわからないでしょ？」

理由にもならない理屈を、おかしいと感じる余裕もなかったらしい。性器を見たところで、何がわかるわけでもないのに。

「さ、見せなさい」

強く促すと、彼は混乱したふうにまばたきをしつつ、股間の手をはずした。「脚を開いて」という命令にも、怖ず怖ずと従う。

知夏は前に出ると、ワイシャツの裾をめくった。まだ生えそろっていないかに見える陰毛の下に、怯えるように縮こまった若い牡器官があった。

(ああ……男の子のペニス)

胸が震える。そこからたち昇る健康な青くささにも、頭がクラクラするようだ。

いかにも童貞らしい若茎はナマ白く、ピンク色の亀頭を包皮が半分以上も隠している。いたいけな眺めに劣情を刺激され、知夏は無意識に尻をくねらせた。

「さわるわよ」

告げた声は、わずかに震えていたかもしれない。もはや欲望を抑えきれず、教え子の性器に手をのばす。

「あ――」

軟らかな筒肉をつまんだだけで、少年が声をあげる。その部分が早くもふくらむ気配を示した。

かつて何人もの少年に同じことをしたのを思い出す。知夏は二本の指だけで秘茎をしごいた。

「ああ、あ、先生」

恭司が焦った声をあげる。開いた太腿をビクビクと震わせた。

間もなく、若い陽根がピンとそそり立つ。

（ああ、こんなになって……）

力を漲らせたペニスに、思わずナマ唾を呑む。今度は五本の指を巻きつけてしっかりと握り、手を上下させた。

「あああ、だ、駄目です」

切なげに身をよじる教え子に、知夏はときめいた。かつて味わった甘美な昂ぶりが蘇り、からだが芯から熱くなる。

「女の子たちから、こんなふうにいじられたんでしょ？」

それは質問ではなく、ただ辱めるための言葉であった。

「は、はい……」

「オチンチンをこんなふうに硬くして、精液も出したのね？」

「うう……はい」

ピンク色だった亀頭が赤みを増す。ふくらみきって今にもパチンとはじけそうだ。

（すごく脈打ってるわ）

鈴口に透明な液体が溜まりだす。このまま続けたら、間もなく射精するだろう。そうなる前に、知夏は手をはずした。

「はあ……ハァ」

恭司が涙目で呼吸をはずませる。解放されたペニスが上下に揺れ、先走りを亀頭の丸みに伝わせた。

「綿海君は、女の子たちにペニスを見られたのよね。逆に、女の子たちのアソコを見せられたりしなかったの？」

「み、見てません」

「前に見たことはあるの？　ネットの画像とか」

「ないです……」

やはり真面目な子なのだ。ますます可愛がってあげたくなる。

「そういうところも、女の子たちに付け入る隙を与えているのよ。真面目なのは悪いことじゃないけど、綿海君も健康な男の子なんだし、もうちょっと自分に素直になってもいいわね」

神妙な面持ちでうなずいた担任生徒に、知夏はいよいよ誘惑の言葉を告げた。

「先生のでよかったら見せてあげるけど、どうする？」

「え、見せるって……」

「おまんこよ」

卑猥な四文字に、少年は衝撃を受けたらしく固まった。しかし、口にした知夏のほうも、その瞬間粘っこい蜜汁をトロリと溢れさせたのだ。

「どうする？　見たい？」

恭司がうなずく。いつの間にか目が輝いていた。

「それじゃ――」

知夏は膝立ちになると、ジャージズボンを脱ぎおろした。中の下着も一緒に。すぐ前にいる少年がじっと見つめているものだから、また濡れそうになった。

脱いだものを脇に置くと、座布団に尻を据える。それから、脚をM字のかたちに開いた。

「さ、見なさい」

告げると、身を屈めた恭司が、その部分に顔を寄せてくる。目を輝かせ、鼻息を荒くしながら。

（やっぱりみんな同じだわ）

ほほ笑ましさを感じつつ、胸の鼓動を速くする。そのとき、女芯から十センチまでの距離に近づいた彼が小鼻をふくらませているのを目撃し、いやらしい匂いを嗅がれていることを悟った。

（女の子たちの匂いと比べているのかしら？）

少女たちの恥垢くさい秘臭とは異なっているはず。ただ、授業でもかなり動き回ったから、汗くさいかもしれない。

けれど、少年がうっとりしていることに気がつき、胸がはずむ。

「どう？　初めて見るおまんこは」

問いかけに、彼は無言だった。小さくうなずいただけで、ひたすらその部分を凝視する。

（すごく見てる……）

視線だけで濡れてしまいそうだ。

「さわってもいいのよ」

許可を与えたものの、それは願望でもあった。どうにかしてもらいたいと、子宮が疼いていたのである。

すると、恭司が思いもよらない行動に出た。顔を伏せ、プンプンと匂うはずの女陰に口をつけたのだ。

「あふッ」

思わず声が洩れる。さらに、舌をピチャピチャと動かされ、知夏は腰の裏が蕩けそうになった。

(すごい……気持ちいい——)

知らぬ間にかなり高まっていたようだ。温かな舌の感触や動きが、はっきりと感じられた。

膣奥から溢れる蜜汁が、ぢゅぢゅッとすすられる。歓喜の痺れが背すじを駆け抜け、内腿が痙攣した。

童貞ながら、女体の感じるポイントを知っているのか、舌がクリトリスを狙っているようだ。そこをついばむように吸ってきた。

「あ、あ、いい——」

あられもないことを口走りそうになり、唇を引き結ぶ。

(うう、意外とじょうずじゃない)

恭司が香緒里相手にクンニリングスを経験していたことなど、知夏は知るよしもなかった。

そのとき、舌が膣口に入りかけたものだから、さすがにまずいと判断する。このままではペースも肉体も乱され、主導権を奪われてしまう。

「もういいわ。そのぐらいにしておきなさい」

精一杯気を張って告げると、すぐに口がはずされる。素直なところは好感が持てるものの、もう少し粘ってもいいではないか。と、身勝手なことを思ってしまった。

顔をあげた恭司は女芯舐めを堪能したふうに、虚ろな眼差しで息をはずませている。股間の若茎がビクビクと上下に揺れ、尖端から透明な汁を滴らせていた。

（挿《い》れてほしい——）

硬くて逞しいもので貫かれたい。若さに任せた力強いピストンで責められたい。胸に熱望が湧きあがる。

「それじゃ、初体験をして男になる？　そうすれば、女の子たちにもちゃんとものが言えるようになると思うけど」

あくまでもあなたのためという姿勢を崩さず、セックスを誘う。エロチックな状況に置かれ、昂奮を高められた童貞少年が拒めるはずがない。

「は、はい。お願いします」

案の定、恭司が前のめりがちに頭を下げた。

「じゃ、挿れなさい」

知夏は脚をM字に開いたまま仰向けになった。あとは本人の自主性に任せ、ペニスを導くこともしない。

これは以前もそうだった。うまく挿入できずにあたふたする童貞少年を見ることが愉しかったのだ。寸前で爆発し、涙をこぼした子もいた。

この子はちゃんと挿れられるだろうか。挿れたあとも、どれぐらい持たせることができるのか。

胸を高鳴らせながら待ち構えれば、分身を握った少年がのしかかってくる。

「あ、あれ？」

やはりまごついている。焦りを浮かべた真剣な表情に、三十路の女教師は胸をときめかせた。

それでも、どうにか入り口を捉えた恭司が腰を沈める。ガチガチに強ばりきったペニスが、狭い蜜窟を押し広げて侵入してきた。

「ああ、あ——ああ……」

ふたりの陰部が重なるなり、感に堪えない声があがる。彼は大きく盛りあがった胸元に顔を埋め、荒い息をこぼした。

(ああ、入ってるわ……)

迎え入れた牡根が、雄々しく脈打っている。久しぶりの感触に、愛おしさが募った。

「オチンチンが、おまんこの奥まで入ってるわよ。わかる？　これで綿海君は男になったのよ」

頭を撫でて告げると、少年が感激をあらわに「はい」と答える。

「どう？　初めてのセックスは」

「すごく気持ちいいです」

「じゃあ、もっと気持ちよくなってもいいわよ。わかるわよね？　腰を振って、オチンチンをおまんこに出し挿れするの」

「でも……」

恭司がためらいをあらわにする。もう爆発しそうなのだ。

「遠慮しなくていいの。イキたくなったら、中に出しなさい」

生理痛対策で、知夏はピルを飲んでいた。熱いほとばしりを、いくらでも膣奥に浴びることができるのだ。

「は、はい。それじゃ——」

彼はおっかなびっくりというふうに動いた。加減がわからないのか、最初は小刻みな抽送である。女体にしがみつき、腰をひこひこと上げ下げした。

「あ、あ、気持ちいい」

悦びを素直に口にするのが可愛い。女に生まれてよかったと思う瞬間である。

「じょうずよ、綿海君。わたしも気持ちいいわ」

励ますと、くしゃっと顔を歪める。期待に応えようとしてか、腰の振れ幅が大きくなった。

しかし、それによって絶頂を呼び込むことになる。

「あ、あ、先生――」

恭司の息づかいが激しくなる。イキそうなのだ。

「いいわよ。いっぱい出しなさい」

「あああ、先生、先生……いく――」

腰の動きがぎくしゃくと乱れる。最後に根元まで突き挿れたところで「あうう」と呻き、彼は体軀をビクッ、ビクンと震わせた。

(ああ、出てる……)

からだの奥に温かな海が広がる。二年ぶりの感動に、知夏も軽く昇りつめた。

「くうう、綿海君……」

華奢なからだを抱きしめ、全身をわななかせる。最高に幸せだった。

5

恭司はぐったりしていたものの、膣内のペニスはいきり立ったままであった。軽く締めつけてやると、気怠げに身をくねらせる。

(今なら正直に話せるんじゃないかしら)

少年に悪戯をした女生徒が誰なのか、知っておいたほうがいいだろう。

男になった恭司が毅然とした態度をとれるようになったとしても、逸脱行為があった事実は消せない。それに、彼女たちが別のターゲットを見つけ、同じことをする可能性もある。

「ねえ、綿海君のペニスをしごいて射精させた女の子って、誰なの？」

問いかけに、恭司のからだがわずかに強ばる。しばしの間があったものの、ようやく決心がついたか打ち明けた。

「……佐藤さんです」

「佐藤って、委員長の佐藤香緒里!?」

「はい」

意外な答えに、知夏は啞然となった。

（あの子が……じゃあ、あの真面目な優等生は仮面なのね）

学級委員長に立候補するなど積極的だし、クラスもよくまとめてくれるから助かると感心していた。学年の他のクラス担任からも、香緒里に対するお褒めの言葉を多くもらっていたのだ。

そんな彼女に裏があったなんて。だが、早めに知ってよかったかもしれない。そういう少女だとわかっていれば、何かのときにも対処できるだろう。

「それじゃ、あとのふたりは？」

「……二組の桑埜さんと、六組の南さんです」

まだ学年全員の名前を憶えていないので、南という生徒が誰なのかわからない。だが、二組の桑埜麻美は知っている。副委員長の子ではないか。

(委員長と副委員長が、そんなことをしてたなんて……)

しかも、名門御津園高校の生徒が。ひょっとしたら、創立以来と言っていい不祥事ではないのか。

そんなことに、自分が担任する生徒がかかわっていたなんて。知夏はやり切れなかった。自らも過去に不祥事を起こし、今また同じ過ちを犯していることも忘れて。

こうなったら、恭司がうまく対処することを願うしかない。それで彼女たちが心を入れ替えて、反省してくれればいいのだが。そうならなかった場合は、こちらが出ていくしかないだろう。

「とにかく、今度その子たちに何かされそうになったら、きっぱり断るのよ。もしも駄目だったら逃げ出して、わたしのところに駆け込めばいいわ」

「はい……」

「ほら、もっとしゃきっとしなさい。男でしょ? それに、綿海君はもう童貞じゃないんだからね。立派な男なのよ」

励ますと、少年は表情を引き締めた。今度はしっかり「はい」と返事をする。

「いい子ね。それじゃ、ご褒美にもう一回出していいわよ」

「え？」

「オチンチン、まだこんなに元気じゃない。もっと精液を出したいんでしょ？」

「……はい」

「だったら、遠慮しないで動きなさい。ついでに、わたしも気持ちよくしてくれるとうれしいかな」

冗談めかして言うと、恭司がはにかむ。「わかりました」と答え、交わりを再開させた。

「あ、あ——感じるわ」

艶声をあげると、彼が力強くズンズンと突いてくれる。胸に顔を埋めてしがみつき、鼻息を荒くして。

健気なピストン運動に、こちらも応えてあげたくなる。

「ね、ちょっと待って」

一度動きを中断させると、知夏はTシャツをたくしあげた。中に着けていたのはワイヤーのないスポーツタイプのブラで、それも鎖骨のところまでめくる。

たふん——。

たわわなふくらみが、大きく揺れながら全貌を晒す。途端に、少年の目が輝いた。

「おっぱいも好きにしていいのよ」

許しを与えるなり、彼は褐色の乳頭にむしゃぶりついた。

「あふン」

強く吸われるなり、ゾクッとする快さが体幹を貫く。少年はもう一方のふくらみも揉みしだいた。

そして、せわしない腰づかいで女芯を抉る。

「あ、あ、あ、あン、もっとぉ」

知夏も甘美に漂い、全身を波打たせた。若い楔を打ち込まれる中心が多量の蜜汁をこぼし、グチュグチュと泡立っているのがわかる。

(気持ちいい……最高だわ——)

無我夢中で快感を追う少年に愛しさを覚え、また濡れてくる。心から求められているとわかり、たまらなく嬉しい。

恭司は左右の乳首を順番にねぶり、硬く尖らせてくれた。さらに汗ばんだ谷間に顔を埋め、うっとりと鼻を鳴らす。女の匂いが好きなようだ。

その間も、リズミカルに腰を振り続けた。

(あ、イッちゃう——)

久しぶりのセックスで、知夏は早々に頂上を迎えた。そのことを伝えようとすると、

「せ、先生、もう……」

少年が声を震わせて限界を訴える。

「いいわよ。先生もイキそうだから、いっしょにね」

「ああ、ああ、先生」

「あ、あ、やん、イッちゃう」

スピードアップした抽送に、下半身から広がった愉悦が全身に行き渡る。頭の中が真っ白になり、知夏は「イクイク」とあられもない声を張りあげた。

「あ、先生、いく……出ます」

呻くように告げられるなり、膣内の強ばりがしゃくあげる。勢いよくほとばしった熱いザーメンが、子宮口を叩いた。

「あ、あふっ、イクぅっ！」

絶頂は、ジェットコースターで頂上から落下するときに似ている。浮遊状態から一気に急降下する感覚。知夏は腰をガクンと跳ねあげた。

「くはッ——は、はぁ……」

心臓がバクバクと大きな音を立てる。乳房に顔を埋めて息を荒ぶらせる少年にも、それが聞こえているのだろうか。

（気持ちよかった……）

まったく、少年とのセックスに勝るものはない。懲戒免職になるのが怖くて遠ざかっていたが、また始めてもいいのではないか。いつまでもこんなことができるわけではないのだから。

若く見えると褒められるけれど、もう三十歳なのである。生徒を誘惑できるのは、あと二、三年がいいところだろう。時間は限られている。

それに、こんなに気持ちがいいのだ。たとえバレて、クビになっても悔いはない。

そんなことをぼんやり考えながらオルガスムスの余韻にひたっていたとき、突然押入れの戸が開いたものだから心臓が止まるかと思った。しかも、中から三人の女生徒が次々と現れたのである。

あまりのことに、知夏は動けなかった。半裸の熟れたボディに恭司をのせたまま、息を呑んで情勢を見守る。

「さすがにナマのセックスは迫力があるわね。ネットの動画とは大違いだわ」

不敵な笑みを浮かべて言い放ったのは、担任するクラスの学級委員長である佐藤香緒里。恭司を弄んでいたという少女だ。

もうひとりは、二組の副委員長である桑埜麻美。そして、最後に出てきた小柄で童顔の少女は、顔は憶えているが名前が出てこない。おそらく、六組の南という生徒なのだろう。

そこに至って、知夏はこれが罠であったことに気がついた。

「先生が生徒とセックスするなんて、褒められることじゃないですよね」

冷静な口調で麻美が述べる。だが、頬が赤らんでいるから、覗き見で昂奮したのは間違いない。

「だけど、すごいよね。挿れたまんま二回もシャセイするなんて。先生のおまんこ、そんなに気持ちいいのかな」

幼い顔立ちで卑猥な言葉を平然と言い放つ、童顔の少女。腰をモジモジさせているところを見ると、パンティをかなり濡らしたのではないか。

「先生、前の学校でも生徒とセックスをして、異動させられたんですよね？　このことが知られたら、今度は異動だけでは済まないと思うんですけど」

香緒里の言葉に、知夏は愕然とさせられた。あのことは、関係者しか知らないはずなのに。

と、香緒里が部屋の隅に足を進め、積まれた座布団の下から何やら引っ張り出す。

小型のデジタルビデオカメラだった。

「先生たちのセックスは、ちゃんと記録しましたから。もう、あたしたちには逆らえないんですよ」

脅迫の言葉に、けれど知夏は少しも打ちのめされなかった。

（――小娘が、なにを生意気なこと言ってるのよ！）

こっちはクビになってもおかしくなかった状況を、捨て身で切り抜けてきたのだ。自分の半分しか人生経験のない少女たちなど、少しも怖くはない。

知夏は三人を無視して、恭司の背中を優しく撫でてあげた。

「綿海君は知ってたの？　この子たちが隠れていたこと」

細い肩がピクッと震える。彼は何も答えなかったけれど、否定しないのはイエスということだ。

（でも、この子からセックスをねだったわけじゃないから、こういう展開になるって見抜いてたのは、佐藤香緒里ね）

どうしてあのことを知っていたのか、定かではない。だが、一度だけの過ちではなく、他に余罪があることも見抜いたというのか。

聡明な委員長は、悪知恵のほうも働くようだ。いよいよ本性が見えてきた。

もちろん、負けてなんかいられない。

そのとき、萎えたペニスが膣からはずれた。続いて、中出しされた精液がトロトロとこぼれ出る感触がある。

「ちょっとどいて」

命じると、恭司がはじかれたように身を剝がす。しかし、知夏はわざとゆっくり起きあがった。ジャージのポケットに入れていたハンカチを取り出し、秘部を拭う。

「すごくいっぱい出したわね」

含み笑いで告げると、少年は恥ずかしそうに肩をすぼめた。

「でも、すごく気持ちよかったわよ。奥でビュッビュッて精液が出たの、ちゃんとわかったもの」

そんな能天気なやりとりに、香緒里は苛立ちをあからさまにした。

「ちょっと、自分の立場がわかってるんですか!?」

知夏は三人の少女を眺め回し、涼しい顔で髪をかき上げた。わざと胸を反らして。

たぷん――。

巨乳が大きくはずむ。その瞬間、麻美と童顔の少女が息を呑んだ。香緒里もわずかに怯んだようである。

「それで、あなたたちは何が望みなの?」

妖艶な微笑を浮かべての問いかけに、少女たちは気圧《けお》されたふうに顔を見合わせた。

第四章　保健室での性教育

1

「あ、あ、あ、すごい——あああ、オチンチン、とっても硬いのぉ」

腰の上で、担任である知夏先生がからだを上下にはずませる。体育教師らしく、パワフルかつリズミカルな動きで。

恭司のいきり立った分身は、彼女の中に入っていた。柔らかな媚肉でこすられ、尚かつ適度な締めつけも与えられて、性感が右肩上がりに高まる。

「すごいね、ホントに入ってる」

「うん……」

騎乗位で交わる教師と生徒の結合部を真後ろから覗き込むのは、朋香と麻美だ。恭司にはふたりの顔が見えないものの、きっと息を吞んで凝視しているのだろう。

「ほら、こうすればもっとよく見えるでしょ」

知夏が上半身を前に傾ける。そうしてヒップだけをリズミカルに上げ下げした。ペニスが膣に出入りするところを、ふたりの女生徒に見せつけるために。

「あん、すごくエッチだよぉ」

朋香が泣きそうな声をあげる。女教師のヒクつくアヌスも、ばっちり見えているに違いない。

当然ながらペニスも見られているわけである。恭司はその部分がムズムズするのを感じた。たまらなく恥ずかしいのに、ますますそこが猛るのはなぜだろう。

それにしても、まさかこんなことになるなんて。つい昨日、知夏と初体験を遂げたときには予想もしなかった。

担任の女教師が前任校で問題を起こしたことを、恭司は香緒里の発言で知った。生徒と肉体関係を持って、異動させられたという話を。

寝耳に水の話で、かなり驚かされた。まさか先生がという思いもあった。

ただ、そのことを知っていたから、香緒里があいう計略をしたことはおぼろげながら理解できた。

知夏に相談するよう命じたのは彼女だ。自分たちの名前を出さずに、先生にアドバイスを求めるようにと。

あの部屋に香緒里たちが隠れていることも聞かされていたから、恭司は命じられたとおりにするしかなかった。アドバイスそのものは自由に受ければいいとも言われたので、流されるまま初体験を遂げたのである。

だが、見せつけてやれという気持ちから、先生の誘いにのった部分もある。もちろん、女性のアソコを見たかったたし、童貞も卒業したかったのだけど。

しかし、あの展開も香緒里が想定したとおりのものだったようだ。しかも、それをネタに知夏を脅そうとしていたのだとわかった。恭司は単に踊らされていただけだったのだ。

そこまでは計略どおりに進んだよう。香緒里にとって誤算だったのは、知夏が脅しに屈するような女性ではなかったことだ。

ここは、昨日と同じ相談室である。畳に仰向けになった恭司は、騎乗位で知夏と交わっていた。しかも、ふたりとも素っ裸で。

今や場の主導権は、完全に女教師のものだった。激しいセックスを見せつけ、朋香や麻美の目を釘付けにしていた。

そして、恭司はといえばひたすら受け身で、快感を与えられるのみであった。

（うう、気持ちいい……）

先生の膣は温かい。中に細かなヒダがたくさんあり、それがペニスをにゅるにゅると摩擦するのである。

入り口のところが強く締まり、筒肉をこすられるのもたまらない。上下するぷりぷりの臀部が腿の付け根に当たるのも、官能を高めてくれた。

ぢゅ、クチュ——。

ふたりの性器が粘っこい音をこぼす。知夏もたっぷり濡れているようだし、恭司も多量の先走り液を溢れさせていた。尿道がずっと熱いから、そうだとわかる。すでに危ういところまで高まっていた。

それでも懸命に射精を堪えたのは、少女たちが見ている前で早々に昇りつめたらみっともないという思いからだった。

淫靡なショーが繰り広げられる相談室。興味津々の朋香と麻美とは異なり、香緒里は少し離れたところで仏頂面を見せていた。主導権を担任教師に奪われていることが不満なのだろう。

「ねえ、オチンチンに白っぽいのがいっぱいついてるよ」

朋香が言うと、知夏はヒップを上げ下げしながらレクチャーした。

「それは先生のラブジュースよ。女はすごく昂奮すると、膣の奥から白っぽいのが出てくるの。本気汁なんて言葉もあるわね。まあ、粘っこいのが摩擦で泡立ったぶんもあると思うけど」

「へえー」

女同士のやりとりを耳にしながら、恭司は目の前の巨乳に見とれていた。グレープフルーツよりもまだ大きそうなふくらみが、今にも落っこちそうにたぷたぷと揺れていたのだ。

そこがとても柔らかく、乳首が甘くて美味しいことを、恭司は知っている。乳房の谷間に顔を埋めると、なまめかしい汗の香りにうっとりせずにいられないことも。

残像のラインを描いて上下する褐色の乳暈を目で追っていると、頭がぼんやりしてくる。そのまま絶頂に引き込まれそうだ。

「おっぱい吸いたいの?」

含み笑いの声が聞こえてドキッとする。見あげれば、揺れる巨乳の向こう側に、目を細めた先生の顔があった。

「あ、あの――」

思わず焦ったところで、

「ねえ、まだシャセイしないの?」

朋香の声が聞こえた。牡が絶頂し、女体の中に精液を噴きあげるところを見たいのだろう。

「うーん。今日の綿海君は、なかなか頑張ってるみたいね」

知夏が答えると、香緒里が憎まれ口を叩いた。

「先生のおまんこが緩いんじゃないの?」

「あら、そんなことないわよ」

彼女の倍も生きている三十路の女教師は、少しも動じない。組み伏せている少年を見おろし、

「ねえ、先生のおまんこ、そんなにユルユル？」

妖艶な笑みを浮かべて問いかける。

「い、いいえ、すごく締まってます」

「ですって」

知夏が香緒里を振り返る。女委員長は不機嫌そうに「ふん」とそっぽを向いた。

「でも、セックスで男の子を早くイカせる方法はあるのよ」

「え、どうするんですか？」

麻美も関心を持ったようだ。

「ここをいじってあげるの」

上半身を起こした先生が、手を後ろに差しのべる。何をするのかと首をかしげたとき、陰嚢に触れるものがあった。

「あうう」

くすぐったいような快感に、背すじがぞわぞわする。恭司はたまらず呻き、背中を反らせた。

「ここも男の子が感じるポイントなのよ」

知夏の言葉に、「え、キンタマが!?」と、朋香が驚きの声をあげる。

「でも、そこって男の子の急所なんでしょ?」

「そうよ。だから、そっとさわらなくっちゃ駄目なの。優しく撫でたり、揉んであげるのよ」

「へえ……」

「ここは気持ちよくなると、垂れさがってたのがキュッて持ちあがるでしょ? ちゃんと快感に反応するようになってるのよ」

「なるほど」

麻美の感心した声。ふたりの少女は、すっかり女教師の信奉者になっていた。そんなところも香緒里は面白くないのだ。

「さ、イキなさい」

知夏の指が持ちあがった嚢袋をすりすりと撫でる。それも、腰を前後に振りながら。新たな感覚に悦びが高まり、恭司は身悶えた。

「ああ、ああ、あ――」

性感が急角度で上昇し、たちまち折り返し不能のところまで追いやられる。堪えようと思っても、一方的に責められている状況で太刀打ちできるはずがなかった。

「ううう、駄目――い、いきます」

めくるめく愉悦に巻かれ、腰をガクガクと跳ねあげる。肉棹の根元に溜まっていたザーメンが、フルスピードで尿道を駆け抜けた。

びゅくんッ！

ほとばしりが子宮口を叩くなり、女教師が「ああーん」と悩ましげな声をあげる。

「え、イッたの？」

「ええ……あ、すごい。ドクドクッて、いっぱい出てるわ」

そんなやりとりが、やけに遠くから聞こえる。恭司は手足をピクッ、ピクンとわななかせ、オルガスムスの余韻にひたった。

「すごい……」

麻美のつぶやきが聞こえる。視界の端には、息を呑む香緒里の顔が見えた。

「気持ちよかったわ。精液が出たとき、軽くイッちゃったみたい」

満足げな微笑を浮かべた知夏が、ゆっくりとヒップを浮かせる。力を失った若茎が、膣口から抜け落ちた。

「あ、セーエキが出てきた！」

朋香が声をあげる。中出しされたものが溢れたらしい。下腹にポタポタと落ちる感触があった。

「妊娠はだいじょうぶなんですか?」

質問したのは麻美だ。同性としては気になるのだろう。

「ピルを飲んでるから平気よ。もっとも、こういうときのためじゃないけど。生理が重いから、処方してもらっているのよ」

「へえー」

「あ、わたしも生理痛が酷いんです。ピルを飲むといいんですか?」

「副作用がないとは言えないから、まずはきちんとお医者様に相談しなくちゃね。よかったら、いい病院を紹介してあげるわ」

「わあ、ありがとうございます」

そんな三人のやりとりに、香緒里は苦虫を嚙みつぶしたみたいな顔を向けていた。

2

「じゃあ、もう一回元気にしてあげようかしら」

滴った精液を拭い終えた知夏が淫蕩な笑みを浮かべる。射精後の虚脱状態からようやく抜け出たばかりの恭司は、何をされるのかと胸を高鳴らせた。

「オチンチン、可愛くなっちゃって……やっぱり逞しいのが好きだけど、こういうのも悪くないわ」

そう言って、二本の指でつまんだペニスの包皮を剝く。ムズムズする快さに、自然と腹部が波打った。

そのとき、彼女がピンク色の舌で唇を舐める。恭司はもしかしたらと胸をはずませた。

そして、予想通りのことが行なわれる。

「じゃ、いただきます」

冗談めかして白い歯をこぼすなり、女教師が顔を伏せる。剝き出しの亀頭を口に入れ、チュッと吸った。

「あああっ」

恭司はたまらず声をあげ、腰をくねらせた。射精して間もないそこは敏感で、強烈なくすぐったさを伴った快感に身悶えしたくなったのだ。

続いて、舌がピチャピチャと動き、飴玉みたいに転がされる。それもたまらない気持ちよさだ。

「くはッ、は――あああ」

頭を左右に振って喘ぐ恭司の耳に、朋香と麻美の会話が聞こえた。

「これってフェラチオっていうんでしょ?」

「うん……」

「手でシコシコするよりも、ずっと気持ちいいみたいだね」

「そうね」

たしかに気持ちよかったのである。だが、強烈な刺激に戸惑っているのか、分身はなかなか大きくならなかった。

知夏が口をはずす。諦めたのかと思ったら、そうではなかった。

「ねえ、どっちでもいいから、綿海君の顔にのってあげて」

声をかけられた朋香と麻美がきょとんとする。

「え、顔に？」

「そうすれば、綿海君が昂奮して勃起するんでしょ？　おまんこのいやらしい匂いを嗅がされて」

そこまで言われて、顔面騎乗のことだと理解したようだ。

「え、でもぉ」

「どうする？」

「うー、トモはちょっと……」

ふたりとも躊躇している。女の子三人で悪戯したときには喜々として跨がったのに、教師のいる場ではそこまで大胆になれないのか。

すると、

「だったら、あたしがのってあげるわよ」

そう言って立ちあがったのは香緒里だ。これに、知夏はちょっと意外そうな顔を見せたものの、すぐにニッコリと笑った。

「じゃ、お願いするわ」

これにも、美少女委員長は「フン」と愛想のない態度を見せ、少年の顔を跨いだ。

(え?)

スカートの中を見あげ、恭司はドキッとした。ぷりっとしたおしりがまる見えだったからだ。

ノーパンではない。秘められたところを細いクロッチがかろうじて隠している。鮮やかなピンク色のそれは、Tバックであった。

(こんないやらしい下着を穿いてるなんて……)

風でも吹いてスカートがめくれたらどうするつもりなのか。などと心配したのも束の間、香緒里が勢いよく坐り込んできた。

「むううッ」

顔面を柔らかなお肉で潰される。床が畳でなく硬いところだったら、頭蓋骨が割れていたのではないかというぐらいの勢いで。

秘められた部分にめり込んだ鼻が、淫靡な乳酪臭を嗅ぐ。頬骨がめり込む尻肉の弾力と、なめらかさもたまらない。

そのとき、鼻頭が当たるクロッチの中心が、じっとりと湿っていることに気がついた。しかも、蒸れたように熱い。

(え、濡れてる!?)

不機嫌な態度を見せながらも、女教師と生徒のセックスに昂奮していたのか。

そんな衝撃もリビドーを高める。再び知夏が口に含むなり、ペニスはムクムクと膨張した。

「ほら、こうされるのがいいんでしょ?」

香緒里が腰を前後に振る。湿った陰部を牡の鼻にこすりつけ、彼女のほうも快感を得るつもりらしい。

恥割れに溜まっていた愛液が溢れたか、クロッチがますます湿ってきた。処女の秘臭が蒸れたすっぱみを増し、恭司はむせ返りそうであった。

「ぷは——」

いきり立った若棹から、知夏が口をはずす。

「ほら、大きくなったわ」

「あ、ホントだぁ」

「すごいですね」

少女たちが驚嘆の声をあげる。すると、香緒里が腰をすっと浮かせた。

（え？）

顔から離れるクロッチに、明らかな濡れジミを認めたのが最後だった。彼女は元の場所に戻ると、また仏頂面を見せて坐り込んだ。

「ありがと、佐藤さん。おかげでこんなに大きくなったわ」

知夏が唾液に濡れたペニスをしごきながら礼を述べる。それにも香緒里はぷいと横を向いた。

「これ、さっきよりも硬いぐらいよ。綿海君、佐藤さんのおまんこの匂いがよっぽど気に入ったみたいね」

意味ありげな眼差しを向けられ、恭司は頬が熱くなるのを覚えた。

べつに香緒里が特別というわけではない。朋香や麻美が跨がっても、同じ結果だったはずなのだ。

まあ、最初に顔面騎乗をした少女だから、匂いや若尻の柔らかさに愛着を感じたのかもしれないが。

「じゃあ、わたしもサービスしてあげるわね」

屹立の真上で口をモゴモゴさせた先生が、クチュッと唾液を垂らす。温かなそれが亀頭から肉胴を伝い、さらに指によって塗り広げられた。

またフェラチオをするための準備なのかと思った。ところが、知夏は自慢のおっぱいを両手で捧げ持つと、若勃起を左右から挟み込んだのだ。

「くぅ」

乳肉のぷにぷに感とぬくみが、呼吸をはずませずにいられないほど快い。彼女は谷間にも唾液を垂らし、乳房を上下させてペニスを摩擦した。

「ああ、あ、くはぁ」

なめらかな肌とペニスが、唾液でヌルヌルとすべる。手でしごかれる以上の、たまらない気持ちよさだ。フェラチオやセックスに匹敵するのではないか。

いや、おっぱいで奉仕されることに背徳的な悦びも高まったから、それ以上かもしれない。

もともと真面目な高校生の恭司は、成年向け雑誌など読んだことはない。こんな愛撫方法があるなんて知らなかった。

ところが、

「ねえ、これってパイズリって言うんだよね」

「そうよ」

早熟な少女が、その名称を口にする。恭司は快感にひたりながら、なるほどとひとりうなずいた。

「なんか面白そう。トモもやってみたいなぁ」

「そのおっぱいじゃ無理でしょ」

「なによ、麻美ちゃんだって」

耳に入るのはたわいもないやりとりと、分身がこすられるヌチュヌチュという粘っこい音のみ。歓喜が右肩上がりに高まり、このままでは再びほとばしらせるのも時間の問題だ。

しかし、そうなる前に、知夏は乳房をはずしてしまった。

「ほら、すっごく大きくなったわ」

言われて頭をもたげれば、そそり立った肉根は摩擦のためか赤みを帯び、いつになく猛々しい様相。恭司は我がことながら息を呑んだ。

当然、ペニスがそこまでになれば、欲望もかなり高まっている。

（……もう一回するのかな？）

手や口も気持ちいいけれど、どうせならセックスをしたい。女体のぬくみと締めつけを心ゆくまで味わい、最高の快感の中で精液をほとばしらせたい。

すると、知夏が予想外のことを口にした。

「じゃあ、次は誰がセックスする？」

女生徒たちを見回して訊ねる。これには、三人が戸惑いをあらわに互いの顔を見た。

「あら、どうしたの。綿海君をさんざん弄んでおいて、セックスもしないで終わらそうってつもり?」

挑発的な物言いに、まず反応を示したのは香緒里だった。悔しさをあらわに顔を歪め、女教師を睨みつける。

美少女がわずかに腰を浮かせたものだから、恭司はドキッとした。彼女がかなりの負けず嫌いであることはわかっている。言われっぱなしで我慢できるはずがなく、乗せられてするつもりなのかと思ったのだ。

だが、結局立ちあがることなく、横を向いてしまった。

(ま、そりゃそうだよな……)

以前にも、『どうして大事なバージンを、こんなやつに――』などと言われたのだ。いくら奔放でも、初めての相手は好きな男がいいのだろう。

手が挙がらないものだから、知夏も仕方ないと諦めたようだ。

「じゃ、おっぱいで出させてあげるわ」

パイズリを再開させようとしたとき、

「……わたし、やります」

と、絞り出すような声が聞こえた。

(え!?)

驚いてそちらを見れば、麻美が決意を固めた表情で膝立ちになったところだった。

（嘘だろ……）

恭司はとても信じられなかったが、それは朋香に香緒里、それから知夏も同じだったらしい。

「ほ、ホントにするの？」

朋香が泣きそうな顔で確認する。

「うん。わたし、早く女になりたかったの」

気丈に答えた麻美であったが、表情に緊張が見える。それでも、決心が鈍らないようにと思ったか、スカートのホックをはずした。

女として花開く前の若腰を包むのは、少女らしい純白のパンティだ。それも無造作に脱ぎ、ナマ白い下腹部に逆立った淡い秘毛をあらわにした。

彼女がすっくと立ちあがる。上半身を脱がなかったのは、巨乳の女教師と比べられたくなかったからなのか。

「ちょっと、マジ……？」

つぶやいたのは香緒里だ。驚愕をあらわに目を見開いたものの、気まずげに俯く。

こんな状況に引っ張り込んだ責任を感じたのかもしれない。

知夏も《どうしよう》という表情を見せたものの、生徒の意志を尊重する気になったようだ。「じゃ、いらっしゃい」と手招きした。

「ところで、ちゃんと濡れてるの？」

「え？」

問われて、ロストバージンを決意した少女が秘部をさわる。首をかしげ、「ちょっとだけ」と答えた。

「それじゃ駄目よ。いっぱい濡らして、ペニスを受け入れられるようにしておかなくっちゃ。さ、ここに寝て」

麻美は促されるまま、恭司の隣に身を横たえた。バージンを捧げる相手をチラッと見て、目が合うと焦ったように視線を逸らす。

「見るわよ」

知夏は処女の脚を開かせ、秘部を確認した。

「綺麗なおまんこだわ。穢しちゃうのがもったいないわね」

しみじみと言ったことに、朋香が「どれどれ」と興味を示す。にじり寄っていっしょに覗き込んだ。

「ホントだ、可愛い」

友人の称賛に、麻美が「や、やだ」と羞恥をあらわにする。赤くなった顔を両手で隠した。いつもクールに見えたのだが、そんなしぐさは普通に女の子っぽい。

ただ、恭司は秘部の佇まいのほうが気になった。

(綺麗って、どんな感じなんだろう……)

さっきパンティを脱いだとき、秘毛の真下にちょっとだけ割れ目が見えた。さらに深いところも、同じようにスリットが刻まれているだけなのか。

恭司がしっかり見た女性器は、知夏先生のものだけである。ぱっくりと開いた肉割れから、端っこが濃くなった花弁がハート型にはみ出していた。狭間には鮮やかなピンク色の粘膜が覗き、全体にヌメヌメしていたこともあって、かなり生々しい眺めであった。

あれとは違うのかなとぼんやり考えたところで、「きゃんッ」と甲高い艶声が聞こえた。

「あ、あ、先生——」

焦りに似た声をあげているのは麻美だ。彼女の秘められた部分に、知夏が手を差しのべていた。

「ここが気持ちいいんでしょ?」

「いやぁ、あ、駄目ですぅ」

女芯を濡らすために愛撫をしているのだとわかり、顔がカッと熱くなる。間近で繰り広げられる女同士の戯れは、やたらとエロチックであった。

「ほら、クリちゃんがふくらんできた。ここ、自分でいじったことあるの？」

「そ、そんなこと——」

「正直に言いなさい。オナニーしたことあるんでしょ？」

「うう……は、はい」

自慰を告白した処女が、「ああ、いやぁ」と嘆く。あられもないやりとりに、恭司は分身を雄々しく脈打たせた。

「あー、オチンチンすごーい」

気がついた朋香が、こちらに寄ってくる。恭司の腰の横に膝を進めると、そそり立つものを遠慮なく握った。

「うわ、ガチガチだぁ」

目を丸くして感嘆の声をあげ、それから悩ましげに眉をひそめる。小首をかしげて何やら考えてから、いきなり顔を伏せた。

「あああっ」

恭司は腰をよじって喘いだ。童顔の少女がペニスを頬張り、先っぽをペロペロと舐め回したのだ。飴玉をしゃぶるような無邪気な舌づかいでも、亀頭が溶けてしまいそうに気持ちがいい。

「あら、おしゃぶりしてあげてるのね。おいしい？」

知夏の問いかけに、朋香は肉棒を口に入れたまま、「うう」と唸るように返事をした。いちおうイエスということらしい。

女教師がフェラチオをするのを見て、自分もやってみたくなったのだろうか。ただ、小さな口では亀頭を咥えるのが精一杯のようで、はみ出した残り部分は指の輪でしごく。そうして、懸命にちゅぱちゅぱと舌鼓を打つのがいじらしい。

知夏のねっとりした舌戯と比較すれば、稚拙な口淫である。だが、いたいけな処女の唇を穢していると考えるだけで、全身に震えが生じるほど感じてしまう。

「あ、あう、ううう」

恭司は呻き、胸を大きく上下させた。募る歓喜に目がくらみ、カウパー腺液がジワジワと尿道を伝う。

「南さん、フェラするのはいいけど、射精させちゃ駄目よ。これから桑埜さんが初体験をしなくちゃいけないんだから」

先生に注意され、朋香は牡の漲りから口をはずした。ふうと息をつき、

「けっこう難しいな」

と、独り言をいう。今後のためにテクニックをマスターしたいとでも考えたのか。

「じゃ、おまんこもだいぶ濡れたから、そろそろいいわね」

知夏は秘唇から指をはずすと、呼吸をはずませる処女に訊ねた。

「どんな体位でしたい？　初めてだから正常位がいいかしら。それとも、わたしがしたみたいに騎乗位でする？」

麻美は何も答えず、のろのろと身を起こした。恭司を振り返り、潤んだ目を向ける。やけに色っぽい面立ちであった。

「わたしは――」

言いかけて、あとは無言のまま牡を迎えるポーズをとる。両膝と両肘をついて、四つん這いになったのだ。

「あら、バックがいいの？」

問いかけに、「はい」とうなずく。この体位なら相手と顔を合わせずに済むから、気が楽だと考えたのだろうか。

「それじゃ、綿海君も起きて」

知夏に手を引っ張られ、恭司も身を起こした。促されるまま、麻美の後ろに膝立ちで進む。

（ああ……）

ふっくらした、かたちの良いおしりだ。上半身は制服を着たままだから、胸を締めつけられるほどエロチックである。

谷底の可憐なツボミはピンク色で、その下にわずかにほころんだ恥割れが見えた。

清楚な色合いの花びらが、少しだけはみ出している。

（本当に綺麗だ）

それこそ知夏も言ったように、穢していいのだろうかと思えてくる。だが、麻美は逃げようとしない。すでに覚悟はできているようだ。

「もうちょっと前に出て」

先生に指示されて膝を進めると、上向きのペニスが握られた。

「南さん、ちょっと来て」

「何ですか？」

「桑埜さんのおまんこに唾を垂らしてもらえる？　もっと濡らしたほうがいいから」

「はーい」

素直な返事をした朋香が、友人の尻の谷を覗き込む。

「エッチな匂い……」

つぶやいてから、唾液をクチュッと垂らした。

「あん」

畳に顔を埋めるようにしていた麻美が、掲げた若尻をプルッと震わせる。見れば、小泡交じりの潤滑液は、アヌスに落ちていた。それを知夏が指で掬い、性器に塗り込める。

「あと、オチンチンにも垂らして」

「わかりました」

恭司のペニスにも、清浄な唾がまぶされた。そして、ふくらみきった頭部が処女の秘苑へと導かれる。

「ここよ」

亀頭が浅くめり込んだところから、熱さが伝わってくる。いよいよなのだと実感し、全身が震えた。

「ほら、桑埜さんのおしりに手を添えるのよ」

「あ、はい」

「このまま真っ直ぐ進んで」

指示されたとおりに腰を送れば、ペニスの先端が狭まりにめり込む。目標を外す心配はないと判断したか、知夏が手を離した。

「処女膜があるからキツく感じるかもしれないけど、かまわず挿れるのよ。中途半端なことをしたら、かえって痛いんだから」

「わかりました」

「それじゃ、奪ってあげて」

恭司は柔らかな臀部を両手で固定すると、腰を前に送った。確かに関門があったものの、言われたとおりに突き挿れる。

ぬるん——。

たっぷり潤滑されていたおかげで、径の太いところが狭まりを乗り越える。

「あふぅッ！」

麻美が首を反らし、悲痛な声をあげた。

「そのまま奥まで挿れて」

知夏の指示に従い、残った部分もずむずむと押し込む。さすがに前へ逃げようとしたヒップを、しっかりと捕まえて。

「つぅう……」

苦しげな呻き声と同時に、入り口部分が強く締まる。尻の谷もすぼまり、牡の漲りを挟み込んだ。

（ああ、入った）

ペニス全体を柔穴で包まれ、恭司は腰をブルッと震わせた。

膣は女教師よりも狭く、特に入り口部分の締めつけが強い。そこはズキズキと熱を帯びていた。処女膜がどんなものかよくわからないが、それが破れたのだろうか。

「うん、ちゃんと入ってる。おめでとう。これで桑埜さんは女になったのよ」

結合部を覗き込んだ知夏が、麻美を祝福する。だが、破瓜《はか》を遂げた少女に、礼を返す余裕はなかったようだ。からだを強ばらせ、若尻の丸みをプルプルと震わせるのみ。

朋香もその部分を横から見ている。いつもはおしゃべりなのに、何も言わない。友人の処女喪失を目の当たりにして、ショックを受けたのだろうか。

「綿海君、動いてあげて。そっとよ」

「あ、はい」

恭司はそろそろとペニスを後退させた。

濡れた筒肉に、赤い筋が見えてドキッとする。やはり出血していたのだ。焦って分身を戻すと、麻美が背中を反らせて「あああッ」と悲鳴をあげた。

「ほら、そっとしなさいって言ったじゃない」

先生に叱られ、恭司は「あ、すみません」と首を縮めた。今度は言われたとおりにゆっくり引き抜き、同じ速度で膣内に戻す。それでも痛みはあるようで、丸いおしりがピクピクと痙攣した。

「麻美ちゃん、だいじょうぶ?」

朋香が泣きそうな声で訊ねると、麻美は「……うん」とうなずいた。

「入ったとき、けっこう痛かったけど……今はそんなでもない」

友達に心配をかけまいと思ったのか、しっかりと答える。それで朋香も安心したようだ。

ちゅ……クチュ。

交わる性器がかすかな粘つきをたてる。出血は多くなかったらしく、抽送を繰り返すうちに赤いものは見えなくなった。愛液に混じって薄まったのだろう。

(ああ、気持ちいい)

恭司はいつしかピストンの速度を上げていた。狭膣の締めつけが快くて、もっと感じたくなったのだ。

「あ……あん」

麻美も悩ましげな声を洩らす。それが何らかの悦びを得てのものなのか、体内をかき回されることで反射的に出る声なのかまではわからない。

ただ、煽られて腰振りがリズミカルになる。

ふと香緒里の様子を窺えば、彼女は相変わらず少し離れたところにいた。処女を失った友人を食い入るように見つめている。

(……先を越されて悔しいのかな?)

眉間に浅いシワが刻まれていたものだから、恭司はそんなふうに推察した。だが、急速に昇りつめそうになったためにどうでもよくなる。

「あ、あ――いきます」

息を荒ぶらせて告げると、知夏が慌てて麻美に確認する。

「桑埜さん、中に出してもいいの」

これに、麻美は頭をぶんぶんと横に振った。

「綿海君、抜いて」

「は、はい」

蕩けるような悦びに未練を残しつつ、恭司はどうにかペニスを引き抜いた。すると、脇から手が出され、柔らかな指が巻きつく。

朋香だった。

「あ、あ、ちょっと——う、うう」

射精寸前だった強ばりをしごかれ、たちまち頂上を迎える。めくるめく歓喜に腰椎を砕かれ、多量の樹液を放出した。

ピュッ、びゅくんっ、ドクっ——。

糸を引いて放たれた白濁汁が、麻美の白い臀部に淫らな模様を描く。朋香が放出のあいだも手を動かし続けてくれたおかげで、恭司は最後の一滴まで深い悦びにひたってほとばしらせることができた。

「は——ハァ、あふ……」

息を荒ぶらせてヒップの手を離すと、初体験を遂げた少女がスローモーションのように畳に横たわる。横臥してからだを丸め、脇腹を上下させた。

「う、も……もういいよ」

射精が終わっても、朋香はペニスを握った手をゆるゆると動かし続けていた。そこはすでに力を失っていたにもかかわらず。過敏な亀頭を刺激され、くすぐったい気持ちよさに頭がおかしくなりそうだった。

「ん……」

小さくうなずいた童顔の少女が、愛撫を止める。けれど、そこから手を離さなかった。何やら思い詰めたふうに、軟らかくなった牡器官を見つめている。

(え、なんだ……?)

気怠くも快い余韻にひたっていると、朋香が顔をあげた。潤んだ瞳で、じっと見つめてくる。

「……これ、もう一回大きくなる?」

「え?」

「トモもエッチしたい……女になりたいの」

真剣な眼差しのお願いに、恭司は言葉を失った。

3

放課後、香緒里から「ちょっと付き合って」と言われたのは、ゴールデンウィークが明けたあとの、金曜日のことだった。

それも、秘密めいた口調で。

(何だろう……)

戸惑わずにいられなかったのは、もうここしばらくのあいだ、淫らな戯れがなかったからだ。知夏を巻き込み、麻美の処女を奪った日が最後である。

あの日は、朋香もバージンを奪ってほしいとねだった。恭司は躊躇したものの、知夏も『いいんじゃない?』と賛同し、そういう状況になったのである。

女教師から再びパイズリをされ、しかもパンティを脱いだ朋香に顔面騎乗をされて、恭司はたちまち硬く勃起した。そして、ロストバージンを願う少女を、正常位で貫こうとしたのである。

ただ、本当にできるのかという疑念は、最初からあった。

朋香の性器は外見の子供っぽさそのままに、秘毛がほんのわずかしか生えていなかった。一瞬、パイパンなのかと思ったぐらいに。ピンク色の割れ目もぴったり閉じてはみ出しがなく、まるっきり幼女みたいだったのだ。

あるいは、そういう幼い見た目がコンプレックスだったため、セックスをして女になろうとしたのかもしれない。

それでも、秘唇を舐めると透明な蜜を会陰に滴らせるまでに濡れたから、恭司は挿入をトライした。知夏に導いてもらい、下だけを脱いだ処女のあどけない女芯に分身をあてがった。

ところが、尖端を軽くめり込ませただけで、朋香が痛みを訴えた。それも、かなりの激痛だったらしい。処女膜が堅固なようだった。

もっと濡らさなくては駄目なのかと、知夏と麻美が彼女の制服をはだけさせ、控えめなふくらみの乳房を愛撫する。恭司もクンニリングスで協力した。

けれど、再三の試みにも、朋香は悲鳴をあげ続けた。結局、断念するしかなかったのである。

落胆した処女と、恭司は最後にシックスナインをした。小さなクリトリスを吸い転がし、オルガスムスに導いてあげる。彼女もほとばしった牡汁を呑み込んだ。膣は無理だったが、お口でザーメンを受け止めたことで、朋香はとりあえず満足した様子であった。

あの日以来、香緒里が妙なちょっかいを出してくることはなくなった。

脅して意のままに操るはずだった女教師に主導権を握られ、自分だけが蚊帳の外に置かれたことが面白くなかったのか。それとも、友人ふたりが色々なことを先に体験してしまったから、置いてきぼりを喰った気になったのか。ともあれ、ああいうことはもう懲りたふうである。

その後も、学級委員としての仕事で、ふたりだけで教室に残ることはあった。けれど、香緒里はいつも仏頂面で、言葉を交わすこともあまりなかったのだ。

そうなれば彼女の友人たち——朋香や麻美とも疎遠になる。

同じ学校にいるのであり、まったく顔を合わさないことはない。だが、処女を奪った麻美のほうは、廊下ですれ違うことが合っても知らんぷりである。同じ二組の委員長と一緒に帰る場面を何度か目撃したから、付き合いだしたのかもしれない。あの初体験は、告白する勇気を得るためのものだったのか。

朋香は隣のクラスだから、ほぼ毎日のように会う。そうすると、はにかんで愛らしい笑顔を見せてくれるけれど、話しかけてくることはなかった。

そして、ふたりとも香緒里と一緒のところを見なくなったから、あの一件で気まずくなった可能性がある。

まあ、三人の関係が悪くなろうが、恭司のあずかり知らぬところだ。実際のところどうなのかと、確認する気も起きなかった。

知夏は以前と少しも変わらない。あんなことがあったなんておくびにも出さず、恭司や香緒里に対しても担任らしく接している。

ただ、前任校で教え子に手を出したということに加え、相談室でのことを思い返しても、彼女は高校生ぐらいの少年が好みのようである。だとすると、密かに他の男子生徒を狙っているのかもしれない。

ともあれ、あれ以来平和な日々が続いていたから、香緒里の誘いに不吉なものを感じたのである。

「どこへ行くの？」

訊ねても、彼女は「黙ってついてきなさい」とけんもほろろである。仕方なく後ろを歩いていけば、着いたところは保健室であった。

（え？）

さすがに動揺したのは、そこが義姉の美紗子がいる場所だったからだ。

学校で具合が悪くなったことなどないから、入学以来、恭司が保健室に入ったのは一度きりである。その一度も、先に家を出た義姉が、玄関のところに携帯を忘れていたから届けただけであった。

何の用なのか知らないが、香緒里とふたりで美紗子に会うのは気まずい。だが、保健室は明かりが消え、戸口に【出張中】の札がかかっていた。

（なんだ、いないのか……）

ホッとしたものの、香緒里がポケットから鍵を出し、入り口を開錠したのに驚かされた。

「ど、どうしたの、それ？」

振り返った彼女は軽く眉をひそめ、

「借りたのよ、教務室で」

簡潔に答え、引き戸をカラカラと開けた。

(借りたって——)

養護教諭が不在なのに、保健室の鍵を生徒に貸していいのだろうか。もっとも、香緒里は優等生で、学級委員長の肩書きもある。うまく口実をこしらえ、せしめたというところではないのか。

ともあれ、美紗子はいないのだ。とりあえず安心して保健室に入る。

生徒数が多いこともあり、中はわりあいに広い。奥にデスクがあって、そこは義姉が仕事をする場所である。

椅子に置かれた座布団が目に入り、恭司は胸がチクッと痛んだ。珍しく兄にプレゼントされたというそれは、美紗子がずっと愛用してきたものなのだ。彼女が不在のあいだに侵入したことに、今さら罪悪感を覚えた。

左手の壁側に、ベッドが三つ並んでいる。香緒里は引き戸を内側からロックすると、真ん中のベッドに歩み寄った。

そして、制服の上着を脱ぎ、スカートのホックもはずしたのである。

(ええっ!?)

焦る恭司の目の前で、彼女は白いパンティをあらわにすると、掛布団を剝いでベッドに横たわった。そして、頰を幾ぶん赤らめて告げる。

「ほら、早く来なさいよ」

「来なさいって——」

「言うことを聞かないと、あんたの恥ずかしい画像とムービー、ネットにバラ撒くわよ」

過ぎたことを持ち出して脅迫する。やれやれと思いつつ、恭司はベッドの脇に足を進めた。また悪戯をされるのかと、気を重くしながら。

「それで、なにをするの？」

「決まってるじゃない。あのときできなかったことをするのよ」

「え、できなかったことって？」

「ロストバージンよ。ほら、脱いで」

唐突すぎる命令に、恭司は固まった。

「——ろ、ロストバージンって……だけど、佐藤さんはあのとき、まったく関心がないみたいにしてたじゃないか」

どうにか反論を絞り出すと、香緒里は眉をひそめた。相変わらずこちらを見くだした態度で、

「あのときは、麻美と朋香が先に手を挙げたから、譲ってあげただけよ」

そんなこともわからないのという口調で答える。以前、こんなやつに大事なバージンをあげられないみたいなことを言ったはずなのに。

「いや、でも……」

「うるさいわねえ。四の五の言ってないで、さっさと抱きなさいよ」

などと言われて、わかりましたと前に出られるほど、恭司は図太くなかった。戸惑ったまま、その場に立ちすくんでいたのである。

すると、このままでは埒が明かないと判断したのか、女委員長が命令を変える。

「ズボンを脱ぎなさい。それから、パンツも」

「え?」

「早くしてっ!」

叱りつけられ、恭司は反射的にベルトへ手をかけた。かつて下僕のように従わされたことが、習い性になっていたのだろうか。

ただ、ペニスをあらわにした途端、頬が熱くなるほどの羞恥にまみれた。そこも縮こまったままである。

「どうして勃ってないのよ?」

香緒里が忌ま忌ましげに問いかける。

「あたしがパンツまで見せてあげてるのに、不満だって言うの？」

確かにあられもない格好の美少女はセクシーだ。しかし、あまりに展開が急すぎて、そちらに気を向ける余裕がなかった。

「しょうがないわね。もっと前に出て」

命じられ、ベッドの縁に膝がつくまで近づく。すると、半身を斜めに起こした彼女から、いきなりペニスを握られた。

「あうっ」

しなやかな指に快さを与えられ、海綿体が血流を集める。膨張し、むくむくと大きくなった。

「ふふ、勃ってきた」

満足げに笑みをこぼした香緒里が、先端に顔を寄せる。包皮を完全に剝き、露出した粘膜のそばで鼻を蠢かせた。

「ちょっと、くさいわよ。しっかり洗ってるの？」

顔をしかめられ、恭司は困惑した。

毎晩入浴のときに、そこはきちんと洗っている。だが、今は放課後で、一日を過ごしたあとなのだ。トイレにも行ったし、汗もかいた。何も匂いがしないほうが、むしろおかしい。

（自分だって、アソコが匂ってたくせに）

思ったものの口には出さず、手指の刺激に分身を脈打たせる。すると、いきなり彼女が亀頭を頬張った。

「え——あ、ああ、ううぅッ」

温かく濡れたところに入り込むなり、敏感な粘膜に舌がまつわりつく。チュッと吸われ、腰が砕けそうになった。

（まさか……そんな——）

香緒里がフェラチオをするなんて、とても信じられない。しかも、洗っていないくさいペニスを。

視線を下に向け、屹立をしゃぶる美少女を目の当たりにしても、とても現実のこととは思えなかった。

強ばりを口に入れ、舌を闇雲に動かしているだけの、技巧など何もない口戯。けれど、彼女が咥えているという事実だけで、快感がぐんぐんと高まる。ずっと虐げられていた相手から、この上ない奉仕をされているのだから。

香緒里が若根から口をはずす。唾液に濡れて生々しい様相を呈するそれから焦って顔を背けると、彼女は再び仰向けになった。

「ほら、あたしのパンツを脱がしなさい」

しかめっ面で命令しつつも、頬が紅潮している。肉棒をしゃぶりながら昂奮したのだろうか。

もはや迷いも惑いも消え失せ、恭司はベッドにあがった。飾り気のない下穿きに手をかけたところで、あることに気がつく。

(え、これは――)

白に見えた薄布には、細かなドット模様が散りばめられていたのだ。入学式の日に見せつけられた、あのパンティに間違いない。

彼女は処女を捧げるために、これを穿いてきたのだろうか。ふたりの出会いの記念品とも言えるものを。

考えすぎだと一度は打ち消したものの、もともと香緒里は感情を素直に出すタイプではない。だからこそ、こんなところに秘めた感情が現れている気がしてならなかった。

初体験の相手は誰でも良かったわけではない。自分は選ばれたのだと信じられる。だったらその思いに応えてあげるべきだ。

恭司はバージンを守る薄物を引き下ろした。手に取ったものをそれとなく確認すれば、クロッチが黄ばんでいた。やはり間違いない。

「ちょっと、なに見てるのよ⁉」

香緒里に見咎められ、恭司はパンティを横に置いた。脚を開かせ、いよいよ女芯をあらわにする。

（ああ……）

深い感動に包まれる。すでに知夏、麻美、朋香の、三者三様の秘部を目撃しているのに、それは誰のものより特別だと感じられた。

佇まいそのものは、ごく普通ではないのか。逆立った秘毛は意外と濃く、恥割れの両側にも短いものが生えている。ややくすんだ色合いの肌が船底型にほころび、肉厚の花弁がはみ出していた。

いかにも女性器という眺めは、美少女のものだけにかなり卑猥だ。ビキニラインも特にお手入れなどしておらず、有りのままというふう。

ついじっと見つめてしまうと、香緒里が焦れったげに腰をよじった。

「は、早く挿れなさいよっ！」

恥ずかしいところをまともに見られ、居たたまれなくなっているようだ。

そんなところが妙に愛らしくて、恭司は彼女の股間に顔を伏せた。じっくり見ようとしたのではない。ペニスを挿入する前に、もっと濡らしてあげたかったのだ。

むわっ——。

独特のチーズ臭が悩ましく香る。これまで下着越しに嗅いだものより、ずっと濃厚だ。オシッコの成分であろうアンモニア臭も混ざっている。

しかし、そんなことで怯むはずがない。むしろ喜々として深く吸い込む。

「ちょっと、バカ――」

何をするつもりなのか、すぐに察したらしい。香緒里は腰をよじって逃げようとした。

それより先に、恭司の口が秘所に密着する。

「いやッ！」

鋭い悲鳴があがる。女芯が身を守るみたいにキュッとすぼまった。

けれど、不埒な舌が肉割れに入り込み、ピチャピチャとねぶることで、若い肢体が悦びの反応を示す。

「ば、バカ、誰が舐めろなんて言った――あ、あぁぁ、くううう」

腰を跳ね躍らせて暴れるものだから、独り寝用のベッドがギシギシと軋む。それにもかまわず、恭司は夢中で舌を律動させた。密着したことで強まった秘臭に胸を躍らせ、ほんのりしょっぱい蜜を味わいながら。

（ああ、おいしい）

感動で胸がふくらむ。

「だ、ダメ……いやぁ、か、感じすぎるのぉ」

あられもなくよがる彼女のほうこそ、そこをきちんと洗っているのだろうか。小陰唇と大陰唇のあいだのミゾや内側の粘膜に、何やらボロボロしたものが感じられた。以前、目隠し状態でクンニリングスをしたときと同じだ。カスなり垢なりがあったのではないか。

(それなのに、僕のことばかり非難して)

お仕置きをしてあげなければと、陰核包皮をめくりあげる。艶めく小さな肉芽をあらわにすれば、そこにも白いものがうっすらとこびりついていた。

酸味の強いチーズ臭が、プンと匂う。それは少年の劣情を根っこから揺さぶった。ほんの一時も我慢できずに、敏感なピンクの真珠に吸いつく。

「きゃふッ!」

香緒里が甲高い声をあげ、腰をガクンと跳ねあげた。

「あ、あ、そこは――」

恭司の頭を内腿で挟み込み、むっちりした柔肉をピクピクと痙攣させる。やはりそこがお気に入りのポイントなのだ。

集中してクリトリスを責めると、彼女はもう抵抗しない。下腹を波打たせ、陰部をせわしなく収縮させる。

「あ……あふ、くふぅン」

甘えた声を発し、腰をなまめかしく揺らした。

処女の蜜汁が量を増す。恥割れからこぼれたものが、会陰を伝っていた。

ここまで濡れれば、挿れてもいいのではないか。それとも、一度イカせてあげようか。セックスしても、初体験で感じることはないだろうから。

どうしようと迷いながら秘核を吸いねぶっていると、

「も、もういいから……やめてよぉ」

香緒里が嘆く。恭司は素直に従い、恥芯から口をはずした。

彼女は胸を大きく上下させ、呼吸をはずませている。恭司と目が合うなり、眉間にシワを刻んだ。

「あんた、ホントに舐めるのが好きねえ。前世は犬だったんじゃないの？　いっそバター犬だったとか」

そんなふうに侮蔑するのは、照れ隠しではないのか。耳たぶも真っ赤だ。

「ほら、さっさと挿れなさい」

美少女が立てた膝を大きく開く。投げやりとも見えるM字開脚で牡を誘った。

唾液と愛液をまぶされ、処女の秘苑はぐしょ濡れだ。いやらしさを増した眺めに、頭がクラクラする。上半身はブラウスを着たままだから、いっそう淫らに感じた。

だからこそ、躊躇することなく彼女に身を重ねたのである。

「こ、ここ——」

香緒里がペニスを握って導いてくれる。尖端が温かく濡れたところにめり込み、いよいよなのだと緊張せずにいられなかった。

同時に、処女を奪いたい、彼女を征服したいという欲求も高まる。

セックスの経験は浅くても、バージンを破るのは麻美で経験済みである。朋香とは未遂に終わったけれど、どうすればいいのかだいたいわかっているつもりだった。

「じゃ、いくよ」

告げると、小さくうなずいた香緒里が瞼を閉じる。強がっていても破瓜の恐怖は隠せないらしい。からだが細かく震えていた。

だからといって、こちらが遠慮したら結合は遂げられない。心を鬼にして進める必要があった。

ペニスに漲りを送り込み、ひと呼吸置いてから恭司は腰を沈めた。

ぬるん——。

たっぷり濡らしたのが功を奏したようだ。強ばりは抵抗らしい抵抗を感じることなく、無垢な蜜穴を制覇した。

（ああ、入った）

深く結ばれたことに歓喜がこみ上げる。イヤなヤツだと思ったことも、今は完全に忘れていた。

一方、彼女のほうは、痛みを感じないことはなかったようだ。

「つぅううう━っ」

香緒里が顔をしかめ、悲痛な声を洩らす。同時に、女膣がキツくすぼまった。

「だいじょうぶ?」

心地よい締めつけにうっとりしつつ気遣えば、眉間に深いシワを刻んだまま、「へ、平気よ」と答える。しかし、ただ強がっているようにしか見えない。

するとと、彼女が両脚を掲げ、牡腰に絡みつけた。

「ほら、動いて。男だったら、あたしを気持ちよくさせなさいよ」

動いたら気持ちいいどころか、痛みが増すだけではないのか。さすがにためらったものの、香緒里は許さなかった。

「さっさとしてよ、バカっ」

罵って、二の腕を強くつねる。恭司は思わず「イテッ」と悲鳴をあげた。

「あたしが命令してるんだから、早く動きなさい」

暴力に訴えられては従うより他にない。

(くそ、あとで泣いて頼んだって、やめてやらないからな)

すっかり気持ちが荒《すさ》み、恭司は最初から容赦なく腰を振った。破瓜を遂げたばかりの膣に、筋張った若茎を長いストロークで出し挿れさせる。

「あ、あ、あ、ううぅっ」

香緒里が苦しげな呻き声をあげる。それにもかまわず抽送を続けたのは、ムキになっていたためだけではない。

(ああ、気持ちいい)

温かな濡れ穴の具合がよすぎて、悦びを求めてしまったのだ。

挿入こそスムーズだったが、それはクンニリングスでしっかり潤滑されていたからだ。中はかなり狭く、特に入り口部分の締めつけがかなり強い。

もう一カ所、奥まったところにも狭い部分があった。そこがペニスのくびれを快く刺激してくれるものだから、ますますピストンの速度があがる。

(うう、たまらない)

夢中になって腰を振る。だが、香緒里が涙をボロボロとこぼしていることに気がつき、さすがに動きが止まった。

「あ、ご、ごめん」

焦って声をかけても、彼女は顔を歪めたまま何も言わない。自分から動きをせがんだから、意地になっているのだろうか。息づかいも荒い。

涙で濡れた目許や頬が痛々しい。憐憫《れんびん》も覚え、恭司は濡れた頬にキスをした。涙を吸い取り、流れたあとを舌先で辿る。

彼女は眉をひそめていたが、何をするのかと怒鳴られることはなかった。様子を窺うようにじっとしている。目許にキスをしても、くすぐったそうにするだけで、拒んだりしない。

間もなく、痛みが薄らいだか、美少女の表情が穏やかになった。

(……可愛いな)

不意に愛しさがこみあげる。ペニスが彼女の中で快く締めつけられているのだ。情愛を感じないほうが嘘である。

ぷっくりした唇がかすかに開き、かぐわしい吐息をこぼす。我慢できなくなって、恭司は香緒里にくちづけた。

「ん――」

その瞬間はからだが強ばったものの、やはり拒まない。そのとき、恭司はふと気がついた。

(あれ、これってファーストキス?)

ペッティングやセックスは経験したものの、キスはまだだったのだ。そのことに思い至るなり気分が昂揚し、全身が震えた。

甘美な締めつけを浴びる分身も、喜びをあらわに脈打つ。このまま動かずともイッてしまいそうだ。

うっとりして柔らかな唇を吸う。しかしながら、舌を入れることはできなかった。そこまでしたらさすがに怒られそうだったのと、ディープキスのやり方など知らなかったからだ。

唇が離れると、香緒里が瞼を開く。濡れた瞳で見つめられ、恭司はドキッとした。

「……どうしてキスなんかしたのよ？」

咎められ、うろたえる。

「あ、あの——佐藤さんが可愛かったから、つい……」

しどろもどろに言い訳をすれば、彼女の頬がカッと紅潮した。

「な、なに言ってるのよ、バカッ」

また二の腕をギュッとつねられ、「痛っ」と声をあげる。

「さっさと続きをしなさいよ。ちゃんと最後までしないと、しょ、承知しないからねっ！」

叱りつけられ、恭司は慌ててピストン運動を再開させようとした。ところが、爆発間近まで高まっていたことに気がついて思いとどまる。

「どうしたのよ!?」

「いや、あの……もういっちゃいそうなんだ」

正直に答えると、香緒里が顔をしかめた。

「いいわよ。出しなさい」

「え、中に？」

「そうよ」

彼女は顔を背けると、再び目をつぶった。

「たくさん出すのよ。でないと、あたしのおまんこが気持ちよくないみたいに思われるから」

意地っ張りな発言に、ほほ笑ましさを覚える。恭司は痛くしないよう、今度はそろそろとペニスを出し挿れさせた。

「ン――」

香緒里が眉をひそめる。痛みは完全に癒えていないようだ。ただ、あいだを置いたからいくらか楽になったかに見える。

「あ、あぁ、んふ……」

洩れる声も悩ましげだ。

抽送を続けるうちに、内部の温度が上がってくる。新たな愛液が分泌されたのか、クチュクチュと粘っこい音がこぼれだした。

それもまた、牡の性感を上昇させる。

（あ、いく――）

いよいよオルガスムスが迫ってきた。

「い、いいの？　本当にいっちゃうよ」

目の前に迫った頂上を訴えると、香緒里が離すまいとするかのように、両脚をしっかりと腰に巻きつけた。

「いいわよ。出して」

「うん……あ、あ、出るよ」

めくるめく愉悦に巻かれ、恭司はありったけの樹液を膣奥へ注ぎ込んだ。分身を大きく脈打たせて。

「くぅーん」

香緒里がのけ反り、子犬みたいに啼《な》いた。

4

保健室のベッドの上で、ふたりはしばらく身を重ねていた。同じリズムで荒い呼吸を繰り返しながら。

（気持ちよかった……）

軟らかくなったペニスは、まだ彼女の中に嵌まっている。名残を惜しむような締めつけを浴びて。

香緒里は瞼を閉じ、まるで眠っているかのよう。あどけない面立ちに愛しさが募ったものの、彼女の初めてを奪ったことに胸が痛んだ。

（本当によかったんだろうか……）

どうして処女を捨てる気になったのか、まったくわからない。だが、それは麻美も同じことだし、未遂だったとは言え、朋香だってそうなのだ。

（女の子って、よくわからないよな）

けれど、自分だって早く初体験をしたいと望んでいた。それと同じように、彼女たちもセックスをしたかっただけなのかもしれない。

そんなことを考えているうちに、ペニスが膣から抜け落ちる。恭司はそろそろと起きあがった。

出血しているのではないかと気になって、香緒里の秘部を確認する。案の定、秘割れに乾いた血が付着していた。さらに、痛々しくほころんだところから、白いものがトロトロと溢れる。

（だいじょうぶだったのかな、中に出して……）

妊娠の心配はないのだろうか。生々しい眺めに酷いことをした気にさせられ、罪悪感も覚える。

しかも、ベッドにはそれ以上の痕跡があったのだ。

（うわ、なんだこれ）

最初に激しく動いたせいか、シーツに赤いものが飛び散っていた。何か猟奇的な事件でも起こったのかというぐらいに。下のマットにも染みているかもしれない。

これはすぐに証拠を湮滅しなければ、まずいことになる。香緒里の話では、教務室で鍵を借りたということだった。このままにしておいたら、誰の仕業かというのもバレてしまう。

「ちょっと、佐藤さん」

声をかけても、彼女は目をつぶったままピクリとも動かない。疲れて眠ってしまったのか。恭司はますます焦った。

「ちょっと、起きてよ。まずいんだってば」

呼びかけてからだを揺すったとき、出入り口のロックがはずされる音がした。

（え――!?）

恭司が驚いて振り返ったのと同時に、引き戸がカラカラと開けられる。入ってきたのは美紗子だった。手にバッグを持っているから、出張から戻ったのだろう。

「え!?」

彼女も驚愕をあらわにする。それはそうだ。ベッドの上に、下半身まる出しの男女がいるのだから。しかも、神聖な職場である学校の保健室で。

(そんな——義姉さん……)

恭司は絶望に苛まれた。最も見られたくないひとに、最も見られたくない場面を目撃されたのだから。

これでおしまいだと、全身から力が抜ける。そのとき、香緒里がはじかれたように起きあがった。ベッドから飛び降り、美紗子に駆け寄る。

そして、抱きつくなり激しく泣きじゃくった。

「……あ、あたし、レイプされたの。こいつに——」

その言葉を耳にするなり、恭司は罠にかかったのだと悟った。

この状況では、どんな弁解も通用するはずがなかった。ベッドには生々しい痕跡が残されている上に、香緒里は優等生の委員長なのだ。誰もが彼女の言い分を信じるに違いない。知夏はわかってくれるだろうが、弱みを握られているから、大っぴらに庇うことはできまい。

(ひょっとして、血がたくさん出るように、僕に動けなんて命令したのかも)

なんという執念なのか。やはり彼女は、自分に敵意を持っていたのだ。それも、最初に顔を合わせたときから。その理由は未だにわからないけれど。

と、困惑を浮かべた美紗子が、抱きついた少女の背中をそっと撫でる。

「香緒里ちゃん……」

名前を呼ばれ、香緒里はますます感極まったふうだ。

「お、お姉ちゃんが悪いんだからね。あたしをひとりにするから——」

このやりとりに、恭司は耳を疑った。

(え、お姉ちゃん⁉)

しかも、美紗子も親しげに名前を呼んだのである。

(てことは、義姉さんと佐藤さんは姉妹——)

たしかに美紗子の旧姓も佐藤だ。けれど、よくある苗字だから、香緒里が義姉の妹だなんて考えもしなかった。

ただ、それが事実だとして、どうしてここまで敵意を抱かれるのか、さっぱりわからない。

(義姉さんは、妹が同じ学校にいるって知ってたんだな)

それから、義弟と同じクラスであることも。恭司が副委員長に選ばれた理由を気にしていたのは、妹との仲を心配していたからではないのか。

だったら、どうして教えてくれなかったのだろう。

あらゆる事柄が、人間が、自分をのけ者にしていると感じる。肉親がひとりもいない寂しさすら、胸に迫ってきた。

（やっぱり僕はひとりぼっちなのか……）

恭司は虚しさを覚え、やりきれなくため息をついた。

第五章　愛しさに包まれて

1

家に帰ってから、恭司はアルバムを引っ張り出して確認した。兄と美紗子の結婚式のときの写真を。

（あ、この子だ――）

佐藤家の親族に小学生の女の子がいた。今と比較すればかなり幼いものの、香緒里に間違いなかった。

彼女はどの写真でも仏頂面か、もしくは悲しそうにしている。両家の集合写真では、ほとんど泣きベソ顔だった。

（お姉ちゃんがお嫁にいくから、寂しかったんだな……）

恭司も式や披露宴に参列していた。けれど、正装した大人たちの中で緊張していたこともあり、誰と会ったのかなんてほとんど憶えていない。香緒里とも顔を合わせたのかもしれないが、まったく記憶に残っていなかった。

まあ、仮に憶えていたとしても、小学生のときとは印象が異なっている。だから高校で再会したときも、美紗子の妹だとわからなかったのだ。

(それに、義姉さんの家との交流も、ほとんどなかったもの)

美紗子は結婚後、ほとんど実家に帰らなかった。それほど遠くなかったから、頻繁に帰ろうと思えば帰れたのである。けれど、嫁ぎ先での生活を優先させ、何かの用事で立ち寄ることはあっても、向こうに泊まることはなかった。

兄の葬儀には、美紗子の両親も来ていたはず。だが、香緒里はいなかった。大好きな姉を奪った男の葬儀など、どうでもよかったのだろう。

そして、未亡人となったあとも姉が実家に戻らなかったことに、また腹を立てたに違いない。

(だから僕のことを、あんなに睨んでいたんだな)

大好きな姉を奪われたのだ。香緒里が自分に対して怒りを募らせたのは、想像に難くない。同じ高校に入ったことも許せなかったのではないか。

ようするに、すべては姉をとられたことへの復讐だったのだ。

ただ、レイプ魔に仕立てようとしたのは失敗であった。恭司にそんなことができるはずないと、誰よりも美紗子が知っているのだから。

それでも、とんでもない場面を見られたことに変わりはない。どうしてああいうことになったのかを説明するには、これまでのこともすべて話さねばならないだろう。

そう考えると、気分がどんよりと重くなった。

あのあと、美紗子は香緒里に縋《すが》りつかれたまま、早く帰りなさいと恭司に命じた。

レイプではなくとも、保健室でセックスをした事実は消せない。叱られるのは確実だ。

(もしかしたら、愛想を尽かされるかもしれない)

義姉が家を出ていったらどうしよう。あそこまでやらかした妹——香緒里が不憫で、実家に戻るかもしれない。

そうなったら、いよいよ本当にひとりぼっちだ。

恭司は悲しみに苛まれて美紗子を待った。しかし、なかなか帰ってこない。

香緒里を慰めているのか。もしかしたら、せがまれて実家に帰ったのではないか。

そのまま向こうに住むことになったら——。

(そんなのやだよ……義姉さん)

ひとりぼっちの家はやけに広々として、寂しさが募る。これからもずっとひとりなのかと考えたら、悲しくてどうかなってしまいそうだった。

ようやく美紗子が帰ったのは、午後八時近くになってからだった。

「ごめんね、遅くなって」

済まなそうに謝った義姉に、恭司は、

「ううん。僕のほうこそ……」

そこまで言って、あとは言葉が出てこない。代わりに、涙が溢れてきた。

(まったく、情けないな)

男のくせにと自らを叱りつける。と、美紗子が愛らしく首をかしげた。

「恭司君、ご飯は?」

「……まだ」

「そう。じゃ、外で食べましょ」

「え?」

「たまにはいいじゃない。それに、明日はお休みなんだし。んー、今夜はラーメンを食べたい気分かな」

たしかに兄が亡くなってから、久しく外食などしていなかった。それはともかく、咎めることなく笑顔を見せる美紗子に、恭司は居たたまれなさを覚えた。


遅い時間までやっている近所のラーメン屋にふたりで行く。そこは兄の生前、三人で何度か訪れた店だった。

「懐かしいわ……」

美紗子が感慨深げに言う。亡き夫と来たときのことを思い出したのだろう。

空いている店内で、ふたりは隅っこのテーブルに着いた。

義姉の向かいに坐ってから、恭司はずっと俯いていた。顔を合わせるのが気まずかったからだ。会話もほとんどなく、運ばれてきたラーメンも半分ぐらいしか食べられなかった。

「……ごめんね」

箸を置いた美紗子に謝られ、恭司は戸惑った。

「え、何が?」

謝らなければいけないのは、むしろこちらなのだ。

「あの子——香緒里が同じ学校だったことを黙ってて。恭司君が合格したあと、実家から連絡があったからわかってたんだけど」

「いや、それは……」

「べつに秘密にしておくつもりじゃなかったのよ。ただ、どう話せばいいのかわからなくて。恭司君は、香緒里とは結婚式で会ったぐらいだったでしょ。たぶん知らされても、どう接すればいいのかわからなかっただろうし」

「うん……たしかに」

「ただ、香緒里があそこまで恭司君を恨んでいたとは思わなかったの。その点は、わたしの見通しが甘かったわ。ふたりが同じクラスだってことも、入学式の日に初めて知ったのよ。それで、ふたりとも学級委員になったって聞いたときに嫌な予感がしたんだけど、考えすぎかなって……本当にごめんね」

　済まなそうな顔を見せた義姉に、恭司は首を小さく横に振った。

　前もって教えられていても、今回のようなことがなかったとは言えない。むしろ、姻戚関係であることを利用された可能性がある。

（佐藤さんのことだから、家にまで押し掛けてきたかも）

　香緒里が美紗子の妹だと知っていたら、恭司も拒めなかっただろう。

「それから、あとでわかったんだけど、わたしが御津園高校へ異動になったのも、香緒里が企んだことだったのよ」

「え、本当に？」

「ウチの父親は、長いこと教育委員会に勤めていたの。だから、今でも顔が利くのよ。それで、香緒里にせがまれて、わたしを異動させたらしいわ」

　そういうことだったのかと納得してから、恭司はふと思った。

（もしかしたら、知夏先生が前の学校で問題を起こしたことも、お父さんから得た情報だったのかも）

　長女が嫁いだあとに残った娘だから、男親としてはどんな我が儘も聞いてあげたくなるのではないか。彼女のほうも、大人の扱いに長けている気がするし、あれこれ聞き出すことも難しくなかったであろう。

「香緒里は、昔からお姉ちゃんお姉ちゃんってわたしに甘えてたの。結婚のときも、いちばん反対したのはあの子だったのよ」

「そうだったの……」

「結婚したあとも、範一さんや恭司君のことを絶対に認めないってむくれてたし。今もそうだけど、とにかく頑固なのよ。あのとき香緒里が折れてくれれば、ウチに遊びに来てもらって、みんなで仲良くすることもできたんだけどね。そうすれば、ここまでこじれずに済んだんだわ」

だが、香緒里の性格が生来のものだとすれば、まず折れることはなかったであろう。

恭司はひとりうなずいた。

「それで、範一さんが亡くなったあとも、わたしが家に戻らなかったものだから、かなり怒ってたみたい。だけど、恭司君をひとりぼっちにできるはずがないじゃない。そういうことも理解できないのが、あの子の困ったところなの。おまけに、範一さんが亡くなったことも、天罰みたいに言ったのよ」

美紗子が珍しく憤慨の面持ちを見せる。夫を蔑ろにした発言が、それだけ許せなかったのだ。実家に戻らなかったのは、妹に腹を立てたせいもあるのではないか。

ただ、姉を奪われたと思った香緒里が、八つ当たりみたいに恨みを抱いたことは、恭司にも理解できた。自分だって美紗子がいなくなったら、どんな手を使ってでも引き戻そうとするであろうから。

「とにかく、いつまでもお姉ちゃんべったりじゃ困るから、わたしは姉離れをさせたかったの。同じ学校に異動までさせるのは、明らかにやりすぎだもの。まあ、これは父さんも悪いんだけど。とにかく、学校でもかまってほしそうに寄ってきたけど、ずっと邪険にしてたわ。だけど、そういうのも逆効果だったみたいね。さっきも注意したんだけど、家に帰ってくれないお姉ちゃんが悪いの一点張りだったから」

美紗子がやり切れなさそうにため息をつく。どう言葉をかければいいのかわからず、恭司は黙っていた。

すると、彼女が真剣な表情で訊ねる。

「恭司君は、香緒里とセックスしたんでしょ？」

ストレートな質問を、誤魔化すことなどできなかった。恭司は観念して「うん」とうなずいた。

「香緒里はバージンだったのね？」

「……うん」

「なのに、恭司君とあんなことまでしたのは、ただレイプ魔に仕立てるためだけじゃない気がするの。それに、恭司君もいきなり誘われたわけじゃないんでしょ？　いやらしいことをしたのは、今日が初めてじゃないと思うんだけど」

何もかも見抜いているかのような、静かで鋭い眼差し。あるいはすでに香緒里から、おおまかな話を聞かされているのではないか。

(もう、義姉さんに黙ってるなんてできないよ……)

すべて打ち明けて、楽になるべきだ。それで愛想を尽かされることになったとしても、自業自得である。

「……全部話すよ、義姉さん」

恭司は問われずとも、これまでのことをすべて語った。周りの席にはお客がいなかったから、聞かれる心配はない。入学式の日に香緒里のパンチラに目を奪われたことに始まり、今日に至るまでの出来事を、余さず義姉に打ち明けた。

担任の女教師まで荷担していたことには、さすがに美紗子は驚愕をあらわにした。

それでも口を挟むことなく、最後まで話を聞いてくれた。

「ありがとう。よく話してくれたわね」

義姉がほほ笑む。恭司は泣いてしまいそうだった。

(ああ、やっぱり義姉さんだ)

変わらぬ優しさに胸が熱くなる。勇気を出してよかったと思った。

「まあ、いけないのは恭司君を陥れようとした香緒里だけど、恭司君にも反省しなくちゃいけないところがあるわ」

「うん……僕もそう思う」

「何より、わたしに何も話さなかったこと。そりゃ、恥ずかしかったんだろうとは思うけど、わたしは恭司君の保護者だし、ただひとりの家族なのよ。もっと信頼してほしかったな」

「ごめんなさい……」

恭司は心から反省して謝った。

「うん。そういう素直な恭司君が、わたしは大好きよ」

欲望や状況に流されただらしのない義弟を、彼女は笑顔で受け入れてくれる。話して正解だったのだと心から思った。

「ただ、悪いのは恭司君だけじゃないわ。わたしにも責任があるの」

美紗子の言葉を、妹をかまってやらなかったからこういうことになったという意味だと、恭司は解釈した。

「そんなことないよ。義姉さんは僕のことを考えて、兄さんが亡くなったあともずっとそばにいてくれたんだもの。それに甘えてた僕にこそ責任があるんだ。佐藤さん──香緒里ちゃんがああなったのは、僕のせいでもあるんだよ」

「ううん、そういうことじゃないの。わたしが範一さんとの約束を、ちゃんと果たせばよかったのよ」

「え、約束？」

きょとんとした恭司に、美紗子は気まずそうに咳払いをした。

「そのことは、家に帰ってから話すわ。恭司君、あまり食べてないけど、お腹はもういいの？」

「うん……」

「それじゃ、帰りましょ」

美紗子が決意を固めた面持ちで席を立った。

2

家に帰ると風呂の支度をして、先に恭司が入浴した。

「ね、わたしの部屋で待っててくれる？　ベッドに入って休んでてもいいから」

湯上がりに美紗子から言われ、恭司は「うん、わかった」と返事をした。そのときは、落ち着いて話をするために、部屋に招かれたのだと思っていた。

（でも、ひょっとしたらいっしょに寝てくれるのかも）

いやらしい意味ではなく、添い寝してくれるのではないかという期待だ。なんとなく、今夜は甘えさせてくれる気がしたのである。

美紗子の部屋に入るのは、入学式の前の晩、こっそり忍び込んで以来だ。室内には相変わらず甘い匂いがこもっており、恭司はうっとりして鼻を蠢かせた。

だが、あの日、義姉を穢すような真似をしたことを思い出し、罪悪感がぶり返す。もうあんなことはしまいと心に誓ったはずなのに、性懲りもなく学校で淫らなことをしてしまったなんて。

(結局、僕が悪かったんだよな……)

少女のパンチラに見とれなければ、脅しに屈することもなかったのである。もちろん香緒里のことだから、他に様々な方法で復讐や嫌がらせをしかけてきたであろうが、うまく対処できたのではないか。

やるせなさにまみれ、恭司はベッドに身を横たえた。枕やシーツには、よりなまめかしい女の匂いが染み込んでいる。

(ああ、義姉さんの匂いだ)

思わず俯せになって顔を埋め、あちこちをクンクンと嗅ぎ回って身悶える。けれど、そんな自分をふと客観視して、何をやっているのかと自己嫌悪に囚われた。

(だから、こういうところが駄目なんだよ)

起きあがり、平手で頬をぴしゃりと叩く。半勃ちになっていたペニスを、おとなしくなれと叱りつけた。

そうして、あとは余計なことをせず、ベッドの端に腰かけて美紗子を待つ。

（……でも、佐藤さんも可哀相なんだよな）

自分を陥れるために処女まで捨てて、破瓜の激痛にも耐えたのだ。そこまで思い詰めていたことを考えると、憐憫の情が湧いてくる。

だからと言って、美紗子を譲るなんてできない。

みんなが幸せになれる方法はないのだろうか。そんなことをぼんやり考えていると、廊下から足音が聞こえた。

「入るわよ」

声がかかり、ドアが開く。

戸口に立つ義姉に、恭司は息を呑んだ。あの日、入学式の前夜に目撃したのと同じ、素肌にバスタオルを巻いただけの姿だったのだ。

（まさか、また酔ってる？）

そんなことがあるはずないのに、アルコールのせいなのかと思ってしまう。それだけ信じ難い光景だったのだ。

美紗子が艶っぽい微笑を浮かべ、部屋に入ってくる。ほんのり赤く染まった頬が羞恥によるものなのか、それとも湯上がりで紅潮しているだけなのか、恭司にはわからなかった。

たしかなのは、彼女が喉の渇きを覚えるほどにセクシーだということだ。

美紗子がすぐ隣に腰をおろす。恭司は身をしゃちほこばらせた。

洗い立てのボディが悩ましく香る。肌の火照りすら感じられるほど、ふたりは間近にいた。

「あのね、実は、恭司君に話してないことがまだあるの」

「……え?」

「範一さんが亡くなる間際に、恭司君のことをよろしく頼むってわたしに言ったことは、前に教えたよね?」

「うん……」

「それには、他の意味もあったのよ」

「え、他の意味って?」

「恭司君を、男にしてあげてほしいってこと」

それがどういう行為を指すのか、瞬時に理解した恭司は愕然となった。

(兄さんがそんなことを!?)

あの堅物の兄が、愛する妻に弟の筆おろしを託すなんて、とても信じられない。だが、美紗子はいたって真面目な表情だった。

「そのことは、けっこう前から言われてたの。もう快復の見込みはないって、お医者様に宣告されたあとぐらいから」

「だけど……どうして?」

「範一さん、恭司君のことが心配だったのよ。気持ちが優しい子だから、悪い女につけ込まれるんじゃないかって。そうならないように、早めに男としての自信をつけさせてほしいって言われたの」

父親代わりだったとは言え、弟のことをそこまで気にかけるとは。過保護すぎると思ったものの、実際につけ込まれて、淫らなことをしてしまったのだ。兄の予感は的中したわけである。

「いくら範一さんの頼みでも、そんなことはできないって、わたしは断ったのよ。だけど、死の間際にまで念を押されたら、嫌とは言えないじゃない。だから、心配しないでって答えたわ。そうしたら、ようやく安心して、安らかな顔で逝ってくれたの」

美紗子に見つめられ、恭司は息苦しさを覚えた。そうすると彼女は、これからその約束を果たそうとしているのか。

(だけど、僕はもう男になったんだし)

今さらそんなことをする必要はないのだと悟ったとき、膝に置いた手に美紗子の手が重ねられた。

「ただ、わたしから恭司君を誘うのは恥ずかしいし、抵抗もあったの。範一さんが望んだことでも、夫を裏切ることだと思えたから」

「うん……」

「だから、恭司君から求められたら許そうって決めてたの。あの日——入学式の前日にお祝いしたとき、わたしは恭司君と最後までする覚悟をしてたのよ」

この告白に、恭司は唖然となった。

（じゃあ、あのとき義姉さんが酔っぱらったのは——）

すべて芝居だったというのか。湯上がりに肌もあらわな姿で出てきたのも、脱衣所に汚れた下着を残したのも、それから、この部屋でしどけなく眠っていたのも。

脱衣所でオナニーをしたことまで、彼女は知らないだろう。しかし、この部屋で義姉の寝姿をオカズにペニスをしごいたことは、当然知られていることになる。

（嘘だろ……）

頬がたまらなく熱い。羞恥に身が焦がれるようだ。あまりに情けなくて、恭司は泣いてしまいそうだった。

すると、美紗子が優しく抱きしめてくれる。

「ごめんね。騙すつもりはなかったんだけど、わたしには他に方法が思い浮かばなかったの。でも、かえって恥ずかしい思いをさせちゃったわね。いけないのはわたしだわ。恭司君は、何も悪いことをしてないのよ」

慰めの言葉に、いくらか気持ちが軽くなる。それでも、恥ずかしさを完全に払拭するには至らなかった。

「あのとき、恭司君は手を出してこなかったけど、わたしはむしろホッとしてたの。ああ、やっぱり恭司君は優しい子なんだってわかったから。だから、何もなくてよかったんだって思ってたけど、結局こんなことになったわけでしょ。わたしがちゃんと導いてあげればよかったんだし、こうなったのは、わたしの責任でもあるのよ」

「……ううん。義姉さんのせいじゃない。僕がしっかりしていれば、妙なことに巻き込まれずに済んだんだ」

涙声で訴えると、背中が慈しむように撫でられる。愛しいひとと心が通じ合った心地がして、また泣きたくなった。

「あのね、あのとき、恭司君がわたしのおしりを見ていることがわかって、すごく恥ずかしかったんだけど……ヘンな気持ちにもなってたの」

「え？」

顔をあげると、頬を染めた美貌がすぐ近くにあった。濡れた瞳で見つめられ、心臓がバクンと高鳴る。

「アソコがなんだかムズムズして、たぶん……濡れてたと思うわ」

大胆な告白に、動悸がますます激しくなる。あのとき、かぐわしい女臭を嗅いだ気がしたのは、そのせいだったのか。

「だから、すぐにでも起きて恭司君を迎え入れたくなったんだけど、ほら、ちょっと失敗しちゃったから……」

美紗子が恥ずかしそうに視線を逸らす。放屁したことだと、すぐにわかった。

「あのせいで、わたしは起きられなくなったのよ」

耳たぶまで真っ赤に染めた義姉が、たまらなく可愛い。恭司はようやくすべてのわだかまりを拭い去ることができた。

「心配しなくてもだいじょうぶだよ。義姉さんのオナラは、とってもいい匂いだったから」

「ば、バカ。ヘンなこと言わないで」

美紗子がうろたえる。羞恥を誤魔化そうとしたのか、いきなり牡の股間に手をのばした。

「あう」

スウェットズボンの上から分身を握られ、恭司は呻いた。エロチックなやりとりにふくらみかけていたそこが、たちまち力を漲らせる。

「ああ……」

高まりをさすり、悩ましげな吐息をこぼす義姉。かつて目にしたことのない、女の表情を見せていた。

「こんなに立派になったのね。小学生のときは、もっと可愛かったのに」

同居して間もない頃、風呂あがりに裸体を見られたことが何度もあった。そのときのことを思い出しているようだ。

「そりゃ、あの頃とは違うよ」

「そうね……ね、恭司君のここは、もう男になってるわけだけど、改めてわたしが女を教えてあげてもいい？」

「え？」

「それとも、わたしなんかとする必要はないかしら？」

遠慮がちな申し出に、恭司は天にも昇る心地がした。これほどまでに嬉しいことが、かつてあっただろうか。

「ううん、そんなことない。だって、義姉さんは僕が知っている中で、いちばん素敵な女性なんだから。僕がいちばん好きなのは、義姉さんなんだ」

「恭司君……」

「お願い、義姉さん。僕に女性のからだを、本当のセックスを教えて」

懸命の願いに、美紗子が恥じらいの微笑を浮かべた。

恭司は全裸になり、ベッドに横たわった。そこに、同じく一糸まとわぬ姿の美紗子が覆いかぶさってくる。

（ああ、綺麗だ）

初めて目の当たりにする、愛しいひとの裸。二十七歳の熟れた女体は神々しいまでに美しく、劣情を覚える以上に敬虔な気持ちになった。

「恭司君……」

優しく呼びかけられ、唇を重ねられる。

（義姉さんとキスしてる――）

唇の柔らかさにうっとりする。温かくかぐわしい吐息が隙間からこぼれ、それにも涙ぐみたくなるほど感動した。

最初は、軽く吸いあうだけのおとなしいキス。間もなく、舌がぬるりと入り込んできた。

恭司は裸身をしっかりと抱きとめ、夢中で舌を絡ませた。密着する肌のぬくみとなめらかさにも、官能を高めながら。

（これが義姉さんのからだ……）

ずっと思いを傾けてきた女性と素っ裸で抱きあい、唇を交わしているのだ。これ以上に感動的なことがあるだろうか。

情感が身悶えしたくなるほどふくれあがる。甘い唾液を与えられ、恭司は喜々として呑み込んだ。ペニスも嬉しがって雄々しく脈打つ。

唇が離れると、目の前に上気した美貌があった。ずっと見てきたはずなのに、たまらなく綺麗だと思った。

「……キスしちゃったね」

つぶやくように言って、美紗子がクスッとほほ笑む。まさに女神の微笑だ。

「初めてだよ、僕」

「え、キスが?」

「今みたいな大人のキス。すごく気持ちよかった」

「うん、わかるわ。オチンチンがズキズキしてるもの」

若いシンボルは、義姉の下腹に密着していた。早くも漏れ出た欲望の先汁が、なめらかな肌を汚している。ヌルっとした感触でそうとわかった。

「じゃ、わたしがしてあげるから、じっとしててね」

美紗子がからだの位置をさげる。首や鎖骨についばむようなキスを浴びせたあと、乳首にも口をつけた。

「はうう」

小さな突起を舌先ではじかれ、快い電流が生じる。恭司は背中を浮かせて喘いだ。

そこは同い年の少女たちにも愛撫された。けれど、快感は今のほうが勝っている。ただの戯れではなく、愛情を感じるからだ。

左右の乳首が赤くなるまで吸い舐め、少年にくすぐったい快感をたっぷりと与えてから、また美紗子が頭の位置をさげる。鳩尾やヘソにも舌を這わせ、いよいよいきり立つ若茎へと至った。

「立派だわ……」

下腹にへばりつくように猛るシンボルに、しなやかな指が絡みつく。キュッと握られ、恭司はたまらず「あうう」と呻いた。

「すごく硬いわ。鉄みたい」

巻きつけた指に強弱をつけ、上下に動かす義姉。それだけで恭司は爆発しそうになった。

「ああ、あ、義姉さん──」

焦って呼びかけても、指ははずされない。それどころか、大きく口を開けた彼女が、赤く腫れた頭部を口に入れたのだ。

「くはッ、あ──あああっ」

温かく濡れたものに包まれた亀頭に、舌が戯れかかる。ヌルヌルとまつわりつき、飴玉みたいにしゃぶられる。

なんて気持ちいいのだろう。フェラチオは初めてではないが、美紗子にされるのはやはり特別なのだ。

頭をもたげれば、綺麗な顔の中心に、武骨な肉棒が突き立てられている。それに申し訳なさを覚えつつも、背徳的な悦びが高まった。

チュッ、ちゅぱッ――。

淫らな舌鼓に腰の裏が蕩ける。さらに筒肉もしごかれて、いよいよ忍耐が木っ端微塵にされた。

「あ、あ、義姉さん、いく――」

呻くように告げるなり、亀頭がはぜる感覚があった。気がつけば、恭司は愛しい義姉の口内に、熱いエキスをドクドクと放っていた。

3

「気持ちよかった？　濃いのがいっぱい出たわよ」

顔を覗き込んだ美紗子に言われ、恭司は居たたまれなかった。

「……ごめんなさい」

謝ると、「え、どうして？」と、怪訝な顔をされる。

「だって……義姉さんの口に出しちゃったから」

　すると、花のような笑顔が向けられた。

「出しちゃったんじゃなくて、わたしが出させてあげたの。だって、恭司君のオチンチンを口に入れたら、ビクビクって脈打ったのがすごく愛おしくって、イカせてあげたくなったのよ。それに、精液も飲みたかったし」

　彼女は青くさい樹液を余さず呑み込んだのだ。いくら本人が望んでしたことでも、罪悪感を覚えずにいられない。

「だけど、恭司君は昼間、香緒里とセックスしたのよね。なのに、あんなにいっぱい出るなんて思わなかったわ」

「だって、すごく気持ちよかったんだ。義姉さんにおしゃぶりされて」

「ありがとう。そう言ってもらえると、わたしも頑張った甲斐があるわ」

　冗談めかしてウインクをした美紗子が、再びペニスを握る。そこはさっきまでの力を失い、縮こまっていた。

「でも、もう無理かしら……」

　残念そうな顔をされ、恭司は頭をぶんぶんと横に振った。

「だいじょうぶだよ。すぐ元気になるから」

「本当に？」

「うん。えと、いっしょに舐めっこすれば」

「舐めっこ？」

「義姉さんが僕の上で反対を向いて――」

途端に、美紗子が真っ赤になってうろたえた。どんな体位で何をするのか、わかったらしい。

「そ、そんなことしなくちゃ駄目なの？」

「だって、僕も義姉さんを気持ちよくしてあげたいんだ。ううん。ふたりで気持ちよくなりたいんだよ」

真剣に訴えたことで、彼女も受け入れる気になったようだ。「もう……しょうがないわね」とつぶやき、腰を重たげに浮かせる。怖ず怖ずと逆向きになった。

「あ、あんまり見ないでよ」

泣きそうになって命じるのが可愛い。アヌスまでまる見えになるポーズに抵抗があるのだろう。

(兄さんとは、舐めあったりしなかったのかな？)

だが、シックスナインだとすぐに理解したから、まるっきり経験がないわけではあるまい。

「うう……恥ずかしい」

愚痴っぽくこぼしつつも、美紗子が胸を跨いでくる。丸々としたヒップを、十五歳の少年に差し出して。

（素敵だ――）

今にも落っこちてきそうに熟れた、たわわな丸み。前のときは下側しか見られなかったが、全体像を捉えたことで胸が躍る。

そして、ぱっくりと開いた尻の谷底には、見たくてたまらなかった秘苑があった。

（これが義姉さんの……）

淫靡にほころんだ恥割れから、肉厚の花びらがはみ出している。かたちや色合いは、香緒里のものと似ていた。さすが姉妹だと、妙なところで感心する。

ただ、美紗子は妹以上に秘毛が濃いようだ。短めの縮れ毛が、ちんまりしたアヌスの周囲にも疎らだが生えている。

萌える範囲が広いことは、前のときにわかっていた。こうして余すところなく見せつけられると、淑やかな外見には似つかわしくない眺めである。

だが、そのギャップに昂奮させられるのも事実だ。

なまめかしい媚臭がこぼれ落ちてくる。早くも濡れているのだろうか。案外その気になりやすいのかもしれない。

（ひょっとして、兄さんが死んだあと、ずっと我慢してたんだろうか）

疼く肉体を、自らの指で慰めたこともあるのではないか。そんな場面を想像したら、頭に血が昇るほど昂奮した。

「あふっ」

恭司は腰をガクンと跳ねあげた。美紗子が再びフェラチオを始めたのだ。

（僕も義姉さんのを——）

もっちりした艶尻を抱き寄せ、顔に重みをかけてもらう。口許に密着した秘唇は、粘っこい蜜をまぶしていた。

（やっぱり濡れてたんだ）

ただの義務や憐れみから、こんなことをしているのではない。義姉も自分を求めているのだと知り、恭司は全身が熱くなった。

「むふ——ううウッ」

恥割れに舌を差し入れると、熟れたボディが波打つ。美紗子はふくらみかけのペニスを咥えたまま熱い鼻息をこぼし、それが陰嚢に降りかかった。

（ああ、これが義姉さんの味……）

舌に絡む蜜汁はほんのり甘い。まさに甘露だと思った。

あとは無我夢中で、互いの性器をねぶりあう。

入浴後だから、女芯はボディソープの香りをさせていた。けれど、舌を躍らせるうちに蜜汁がじわじわと洩れ出し、女の匂いが強くなる。唾液がまぶされることで、いっそう淫らな芳香を放ちだした。

一回りも年下の少年にクンニリングスをされながら、美紗子も懸命に舌を動かす。頭を上下させて筒肉を唇でしごき、持ちあがった陰嚢も撫でてくれる。

おかげで、そう時間をかけることなく、ペニスは硬く勃起した。

「ぷは――」

そそり立った若茎を吐き出した義姉が、ハァハァと呼吸をはずませる。唾液に濡れた肉棒をしごき、腰を浮かせて振り返った。

「ねえ、恭司君……しよ」

誘いの言葉に、恭司も異存はなかった。もっと長く舐めあいたい気持ちもあったけれど、それはあとでもできる。今はとにかく、愛しい義姉と深く結ばれたかった。

交代して、美紗子が仰向けになる。恭司は正常位で身を重ねた。

「ここよ」

ペニスが導かれ、先端が温かな潤みに触れる。いよいよだと思うと、胸に熱いものがこみ上げた。

（僕たちは、ずっといっしょなんだ――）

確信を胸に抱き、腰を沈める。温かくてヌルヌルした媚穴に、分身が抵抗なく呑み込まれた。

「くうっ」

美紗子がのけ反り、四肢を震わせる。牡を根元まで迎え入れると、はあーと大きく息をついた。

「すごく気持ちいいよ、義姉さん」

心地よい締めつけを浴び、感動を込めて告げると、彼女がうなずいた。

「わたしもよ。恭司君のオチンチンが、中で脈打ってるのがわかるわ」

うっとりした声で答えてくれたものの、表情がどこか寂しげである。恭司は不安になった。

「ひょっとして、後悔してるの?」

訊ねると、美紗子は首を横に振った。

「まさか。もっと早くこうすればよかったって思ってるわ」

言ってから、義弟の頭をかき抱き、耳もとに唇を寄せた。ふたりきりだから、そんなことをする必要はないのに。

「恭司君の初めてをもらえなかったのが悔しいの」

早口で囁き、照れくさそうに唇を尖らせる。恭司は感激で胸が詰まりそうだった。

「僕が本当に好きなひととセックスをしたのは、これが初めてだよ」

告げると、義姉が恥ずかしそうにほほ笑む。「ありがと」と礼を述べ、掲げた両脚を少年の腰に絡みつけた。こんなところも姉妹そっくりだ。

「ね、動いて。我慢できなくなったら、中でイッてもいいからね」

嬉しい許可を与えられ、恭司は「うん」とうなずいた。腰をそろそろと引き、再び温かな蜜壺に戻す。

「くぅーん」

美紗子が甘える子犬のような声をあげた。

リズミカルに腰を振れば、濡れた女窟がグチュグチュと泡立つ。まつわりつく柔ヒダの摩擦が心地よい。ピストンに呼応して締めつけてくれるのもたまらなかった。

(ああ、僕、義姉さんとセックスしてるんだ)

感激がふくれあがるのにあわせて、悦びもぐんぐん高まる。とても長く堪えられそうになかった。

(もっと長く繋がっていたいのに)

そして、義姉さんを感じさせたいのに。我慢しなくちゃという思いと、早くイキたいという熱望が、胸の中でせめぎ合う。

「あ、あ、あん、恭司くぅん」

色っぽいよがり声にも引き込まれ、いよいよ恭司は限界を迎えた。

「うう、ごめん……もう出ちゃう」

情けなさにまみれて告げると、美紗子が汗ばんだ背中を優しく撫でてくれた。

「いいわよ。またたくさん精液を出しなさい」

「ああ、義姉さん、義姉さん――」

柔らかなからだにしがみつき、腰だけをひこひこと上下させる。程なく、めくるめく愉悦の波に巻き込まれた。

「ああ、あ、出る……いく――」

恭司は呻き、蕩ける快美にひたってザーメンを撃ち出した。

「あ、奥に出てる……感じるわ」

うっとりした美紗子の声が、やけに遠くから聞こえる。からだのあちこちが、意志とは関係なくピクッ、ピクンと痙攣した。

悦楽のひとときが過ぎる。ふたりは汗で湿った裸体を重ね、息をはずませた。

(……気持ちよかった)

好きなひとと結ばれた、最高のセックスだ。ただ、美紗子をもっと気持ちよくしてあげたかった。それだけが心残りである。

「素敵だったわよ……恭司君が硬いオチンチンでいっぱい頑張ってくれたから、わたしも感じちゃったわ」

美紗子の言葉も、ただの慰めにしか聞こえない。まあ、経験が浅いから、仕方ない部分もあるのだが。

「あら？」

驚きを含んだ声に、恭司は「え？」と顔をあげた。

「恭司君の、まだ大きなまんまだわ」

言われて、分身が雄々しく脈打ったままであることに気がつく。連続しての射精に、勃ちグセがついたのだろうか。

しかし、これなら続けてできそうだ。

「もう一回してもいい？」

おねだりすると、義姉は戸惑いつつも嬉しそうだった。

「あんまり無理しないほうがいいんじゃない？」

などと言いながら、恭司が力強いピストンを繰り出すと、甘い声をあげる。腰を浮かせ気味にして、牡の漲りを奥深くまで受け入れた。

「あふ、は——あン、気持ちいい」

熟れたボディが歓喜にわななき、甘ったるい女の匂いを振り撒く。膣奥を勢いよく突かれると、美紗子はベッドを軋ませるほどに身悶えた。

続けて二度もほとばしらせたあとである。恭司は余裕を持って女体を責め苛んだ。彼女を悦ばせることで、やっと本物の男になれたのだと思った。

「ああ、あ、いく、イッちゃう」

あられもなくよがった美紗子が、義弟のペニスで悦楽の高みに昇りつめる。裸身をガクンとはずませ、呼吸を荒ぶらせた。

しかし、恭司の分身は、まだ凜然《りんぜん》となったままであった。

「え、え、あ——いやあ、も、イッたのよぉ」

間を置かずに抽送され、義姉がよがり泣く。股間のぶつかり合いがパンパンと小気味よい音を立てるほどに、恭司は勢いよく女芯を抉った。

「いやいや、またイッちゃふぅうう」

美紗子がアクメへの階段を駆け上がる。だが、少年の腰は止まらない。

ふたりの交歓は、いつ果てるともなく続いた。

4

翌朝、恭司は玄関のドアチャイムで起こされた。

ピンポーン、ピンポーン……。

せわしなく鳴らされる金属的な音に安眠を妨害され、しかめっ面で起きあがる。ヘッドボードの目覚まし時計を確認すれば、まだ朝の八時前だった。

（誰だよ、こんな朝っぱらから）

しかも、今日は休日だというのに。

昨夜は遅くまで美紗子と交わり、この上ない快楽と幸福にひたったのだ。まだ眠いし、疲労も癒えていない。

なのに、チャイムは止むことなく、しつこく鳴り続ける。

すぐ隣では、義姉が規則正しい寝息をたてていた。あどけなさを感じる寝顔がほほ笑ましく、もっと見ていたい。

しかし、無粋な呼び鈴が邪魔するのだ。

美紗子を起こしては可哀相だ。恭司はベッドからそっと降りた。下着を穿かずに、シャツとスウェットズボンだけを身に着け、玄関に急ぐ。

「はあい、ただいま」

苛立ちを隠さずに声をかけ、ドアを開ける。途端に、恭司は驚きで固まった。

「待たせるんじゃないわよ、バカ」

不機嫌そうな顔で睨んできたのは、制服姿の香緒里であった。

「——ど、どうして!?」

訳がわからず、軽いパニックに陥る。しかし、傲慢な美少女は意にも介さず三和土《たたき》にあがった。その手に大きなボストンバッグがあったものだから、恭司は嫌な予感を覚えた。

「……あの、なに?」

「なに? じゃないわよ。お姉ちゃんは?」

仏頂面で訊ねられ、「あ、あの――」とうろたえる。セックスをした翌朝ということもあり、とても平静でいられなかったのだ。

すると、何があったのか見抜いたかのように、香緒里が忌ま忌ましげに目を細める。

「まさか、お姉ちゃんにヘンなことしたんじゃないでしょうね?」

「な、なな、何だよ、ヘンなことって」

「いいから、お姉ちゃんを呼びなさいよ」

「いや、でも、まだ寝てると思うし」

「だったら、あがらせてもらうわ」

「困るよ、そんな――」

「何が困るのよ!?」

この様子では、寝室にまでずかずかと入り込みそうである。そんなことをされたら秘め事の痕跡を発見され、ひと悶着起こるのは確実だ。

とにかく食い止めねばと押し問答を続けていると、

「どうしたの?」

背後から美紗子の声がする。振り返ると、ガウンを羽織った彼女が、まだ眠そうに目をこすっていた。

しかし、妹の姿を認めるなり驚愕をあらわにする。一発で目が覚めたようだ。

「か、香緒里——どうしてこんなところにいるのよ!?」

「お姉ちゃんがちっとも家に帰らないから、あたしが来てあげたんじゃない」

「来てあげたって……」

「ていうか、今日からここに住むからね」

「なな、なに言ってるのよ」

「心配しなくても、パパとママの了解は取ったわ。あ、あとで荷物も届くから」

「荷物——って、そんなこと、勝手に決めないでよ。父さんや母さんはよくっても、わたしはよくないの」

焦りと困惑をあらわにする美紗子に対し、香緒里は一歩も引くことなく己の意見を主張した。

「どこに住もうがあたしの自由じゃない。だいたい、血の繋がりがない弟の面倒は見るくせに、血の繋がった妹はほったらかしなんて、どう考えてもおかしいわよ」

「だって、香緒里には父さんも母さんもいるじゃない」

「あたしに必要なのはお姉ちゃんなの」

すんなり決着がつきそうにない姉妹の言い合いに、恭司はやれやれと肩をすくめた。

（まさか、ここまでの強硬手段に出るなんて……）

この様子では、本当に引っ越しの荷物が運ばれてくるのだろう。まあ、一軒家にふたりっきりで、部屋が余っているのは事実だが。

そのとき、香緒里がこちらを見る。恭司と目が合うなり、うろたえたように顔を背けた。

（……そうか。僕、佐藤さんともセックスしたんだよな）

年の離れた姉妹ふたりと関係を持ったのだ。そこに至る過程はともかく、男として責任をとるべきではないのかと思える。

そう考えたら、受け入れる言葉がすんなりと口から出た。

「あの、義姉さん。僕ならかまわないよ」

これには、美紗子はもちろんのこと、香緒里も驚いたようだった。

「かまわないって——じゃあ、香緒里をこの家に置いてもいいってこと？」

「うん。だって、佐藤さんはずっとお姉さんといっしょにいたかったのに、五年も我慢してたんだもの。僕だけが義姉さんを独占するのは、なんだか悪い気がするし」

「だけど……」

「昨日も、保健室であんなことまでしたのは、それだけ思い詰めてたんじゃないのかな。ここで突き放したら、また何をするかわからないと思うよ」

「まあ、それは……」

美紗子が困った顔で妹を見る。香緒里のほうは味方を得て、図に乗ったようだ。

「ほら、こいつもいいって言ってるんだから、かまわないでしょ」

一転、笑顔を見せた香緒里であったが、また恭司と目が合うなり、気まずげに視線を泳がせた。頬がわずかに赤らんでいる。

それを見て、もしやと思う。

(義姉さんと暮らしたいのは確かだろうけど、佐藤さんは、僕のことも気になるんじゃないのかな?)

自惚れではなく、そう感じる。処女まで捧げたのは、単純に復讐のためではないと思えるのだ。

だったら尚さら、突き放すべきではない。

「僕と佐藤さんは同じクラスで、委員長と副委員長なんだし、もっと仲良くすべきなんだ。それに、いっしょに住めば、勉強でもお互いを高めあえると思うよ」

「そうね……恭司君が、そこまで言うんなら」

渋々了承した美紗子が、眩しそうに目を細める。

「恭司君、なんだか変わったわね。いきなり大人になったみたい」

嬉しそうな、寂しそうな、複雑な表情だ。

（それは義姉さんのおかげだよ）

恭司は心の中で答えた。

「じゃあ、佐藤さんも、これからよろしく」

右手を差し出すと、香緒里は戸惑ったふうにまばたきをした。けれど、怖ず怖ずと握手してくれる。

それは、何度もペニスを握ってくれた手だ。こんなに小さくて柔らかかったのかと、なんだか不思議な心地がした。

「あ、そうだ。同居するとなると、佐藤さんって呼ぶのは変だよね」

「え？　ああ、まあね……」

「だったら、香緒里ちゃんって呼んでもいい？」

この提案に、美少女の頬が紅潮する。

「な、なな、なに生意気なこと言ってるのよ！」

憤慨をあらわにしながらも、彼女の瞳は泣きそうに潤んでいた。

◎書き下ろし

二見文庫

誘惑《ゆうわく》の桃尻《ももじり》 さわっていいのよ

著者　橘《たちばな》 真児《しんじ》

発行所　株式会社 二見書房
東京都千代田区三崎町2-18-11
電話 03(3515)2311 [営業]
03(3515)2313 [編集]
振替 00170-4-2639

印刷　株式会社 堀内印刷所
製本　株式会社 村上製本所

ISBN978-4-576-13191-7
http://www.futami.co.jp/

二見文庫の既刊本

姉の下着

TACHIBANA,Shinji
橘 真児

ずっと憧れていた姉・和貴子が就職のため家を出ることになった日の前夜、それまでこっそりと彼女の下着で欲望をはけさせていた晶彦は、ついに姉の手によって絶頂へと導かれる。その後、学校の生徒会長・みなみの積極的なアプローチにあって、童貞を捨てた彼だったが、それでも姉への思いを捨てられずにいて……。青くて熱い官能の名作！

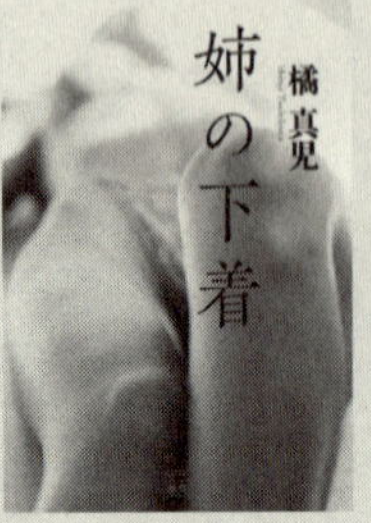